LA LUZ DE UN CIGARRILLO

Marco Antonio Rodríguez

NoPassport Press

LA LUZ DE UN CIGARRILLO

Marco Antonio Rodríguez

Derechos Reservados - (c) 2008 Marco Antonio
Rodríguez #PAu 3-371-285

NoPassport Press
Dreaming the Americas Series
Edition 2012 by NoPassport Press
PO Box 1786, South Gate, CA 90280 USA;
Website: www.nopassport.org,
ISBN: 978-0-578-10496-6

La luz de un cigarrillo recibió su estreno en Nueva York en el teatro LATEA, "The Latin American Theater Experiment & Associates" (Marco Antonio Rodríguez, productor asociado, Nelson Landrieu, director ejecutivo; Mateo Gómez, director artístico, José Esquea, director artístico) el 5 de mayo, 2011. Fue dirigida por Marco Antonio Rodríguez; asistente de dirección y dialectos por Yolanny Rodríguez, diseño escénico por Yanko Bakulic, diseño de vestuario por Lorraine Rodríguez-Reyes, iluminación de Alex Moore, diseño de sonido y dirección escénica por Franklin Mateo. El reparto fue el siguiente:

Lucecita Hortensia Cruz   Susanna
Guzmán

Julio César Nino Cruz
    Ismael Cruz Córdova

Divina Margarita Cruz
    Arisleyda Lombert

Lydia
    Teresa Yenque

Lydia (suplente para Teresa Yenque)
    Laura Patalano

BIOGRAFÍA:

Nacido y criado en Nueva York, con raíces en la República Dominicana, Marco se graduó de La Escuela Secundaria La Guardia para las Artes Escénicas en Nueva York y tiene una Maestría en Bellas Artes de Southern Methodist University. Ha actuado, escrito, co-producido y dirigido éxitos como *Pico de Gallo* y el estreno Suroeste de Rick Nájera's (con quien ha trabajado en estrecha colaboración) *Latinologues*. Ha trabajado como actor en Nueva York, San Diego, Dallas, Venezuela y la República Dominicana. Créditos recientes incluyen "Varios Personajes" en la producción de Dallas Theater Center de *365 Plays/365 Days* y "Oberón" en la producción del Festival de Shakespeare de Dallas de *Sueño de una noche de verano - El Musical*. También ha participado en numerosos comerciales nacionales para la radio y la televisión, más recientemente papeles en las series de televisión *Prison Break*, *Chase* y *The Good Guys* protagonizada por Colin Hanks. Como escritor trabajó para ANTHEM, una organización nacional que promueve la dinámica positiva de la familia, y ha recibido elogios por haber escrito los éxitos *Pico de Gallo y Heaven Forbid (s)!*, que fue nombrada Mejor Obra por los críticos de Teatro en Dallas/Fort Worth. Después de una exitosa producción en Texas, la obra *Heaven Forbid (s)!* fue invitada a tomar parte del prestigioso New York International Fringe Festival, donde fue recibida con grandes elogios por las revista Timeout New York y The Edge New York. Sus guiones cortos, *Silencio*, *Mariscal* y *Kennedy in a Box* todos recibieron menciones de honor y se colocaron en primer lugar en respectivas competencias de NYC Midnight Screenplay Competition. *Silencio* fue nominado como "Mejor cortometraje de ficción" en el festival de Action On Film de Pasadena, CA y es la "Selección oficial / Semi-finalista-Corto Dramático" del Festival de Cine SoCal en Huntington Beach. También es finalista en los premios Creative World Awards. *Mariscal* es uno de los finalistas en el concurso Slamdance. *La Luz De Un Cigarrillo*, fue galardonada con 5 premios HOLA en la ciudad de nueva york incluyendo sobresaliente realización en dramaturgia y también recibió una exitosa y extendida producción a petición popular en el teatro LATEA. La obra acaba de ser añadida al curriculum de español, 2011, Departamento de Español, Facultad de Estudios Generales de la Universidad de Puerto Rico, Recinto de Río Piedras. *La Luz De Un Cigarrillo* también ha sido publicada en la antología de dramaturgos dominicanos, *Máscaras Errantes*, publicada por el ministerio de cultura en la República Dominicana. Como actor, Marco está representado por la Agencia Mary Collins en Texas.

La Luz De Un Cigarrillo galardonada con 5 premios HOLA

(organización Hispana de actores latinos) en Nueva York:

(MEJOR INTERPRETACIÓN POR UNA ACTRIZ) Susanna Guzmán
(MEJOR INTERPRETACIÓN POR ACTOR DESTACADO) Ismael Cruz Córdova
(MEJOR INTERPRETACIÓN POR ACTRIZ DESTACADA) Arisleyda Lombert
(SOBRESALIENTE REALIZACIÓN EN PRODUCCIÓN TÉCNICA)
Yanko Bakulic
(SOBRESALIENTE REALIZACIÓN EN DRAMATURGIA) Marco Antonio Rodríguez

*

La Luz De Un Cigarrillo galardonada con 4 premios ACE
(La Asociación de Cronistas de Espectáculos de Nueva York):

MEJOR DIRECCIÓN / DRAMA: Marco Antonio Rodríguez

MEJOR CO-ACTUACIÓN MASCULINA: Ismael Cruz Córdova

MEJOR CO-ACTUACIÓN FEMENINA: Arisleyda Lombert

MEJOR ESCENOGRAFÍA: Yanko Bakulic

NOTA IMPORTANTE DEL AUTOR:

La obra está escrita en el vernáculo dominicano, mezclado con el Spanglish Dominican/York: La mezcla del natal dominicano con el de aquel que tiene muchos años viviendo en Nueva York y ha creado su propio acervo lingüístico. Muchas palabras no están bien deletreadas o les faltan las "s" u otras letras. Esto ha sido puesto en la obra por el autor a propósito y se pide no corregir. Traducción en inglés disponible. El glosario de términos dominicanos y dominican/york usado en la obra está disponible al final y en: www.MarcoAntonioRodriguez.com

"Cuando me asalte el recuerdo de ti/

siento en mi alma mortal soledad

Y aunque quiera sonreír/ siempre acabo por llorar."

Vuélveme A Querer - Daniel Santos

"Ellos no hablan, tienen palabras vírgenes... Hacen nuevo lo viejo...

La mañana lo sabe y los espera..."

ELLOS - Manuel Del Cabral

Tanto le da la gota a la piedra que al tiempo le hace un hoyo. -Refrán

GRACIAS/AGRADECIMIENTOS:

PARA TODAS LAS LUCES QUE ILUMINAN
NUESTRO CAMINO...

_____

PERSONAJES

LUCECITA HORTENSIA CRUZ, "LUZ" - En sus cincuenta años. Con apariencia joven pero bien conservada. Nacida en la República Dominicana, pero ha pasado casi toda su vida en Nueva York.

JULIO CÉSAR NINO CRUZ - En sus treinta años. Único hijo de Luz. Nacido y criado en Nueva York, se marchó a temprana edad para asistir a la universidad y ha regresado muy pocas veces a visitar. Un poco callado y reservado.

DIVINA MARGARITA CRUZ - En sus cincuenta años. Hermana un poco mayor que Luz. Transmite en su energía un espíritu joven, bohemio; lleno de viajes y aventuras. Todo lo opuesto a Luz.

LYDIA - En sus sesenta años. Vecina de Luz por muchos años. Vive en el apartamento al otro lado de la ventana. Es mexicana.

LUGAR: Manhattan (Mid-town/Upper West Side), Nueva York. Un apartamento pequeño de estilo práctico.

TIEMPO: Presente

PRIMER ACTO

En la obscuridad se escucha la canción "Vuélveme A Querer" cantada por daniel santos.

Una presencia entra al espacio y enciende un cigarrillo.

Luces.

Vemos a Luz, una mujer madura pero con apariencia joven. Está limpiando y preparando la comida. Esto continúa por varios momentos.

Continuamos escuchando la música que viene desde afuera. Vemos un apartamento estilo "práctico" en el centro de Manhattan (Upper West Side). La sala, cocina, y área de dormir están todo en un mismo lugar. No hay cuartos que separen nada. Hay un pequeño baño hacia atrás que nunca vemos. En el área de la cocina vemos comida calentando.

Hay dos ventanas. En la ventana de la cocina se encuentra una escalera de incendios. Todas las ventanas tienen rejas de protección.

Hacia el baño hay un juego de muebles cubierto en plástico transparente para protegerlos. En esta misma pared se encuentran el teléfono y un radio tocadiscos/toca CD.

El resto del cuarto está lleno de tablas fijas en la pared donde hay muchas fotos, múltiples placas, figuritas, dos televisores (uno funciona y el otro no). Hay filas y filas de discos LP's en el piso; latas, contenedores plásticos, ollas (algunas todavía en su caja original)... El lugar está al reventar. Pero este desorden tiene su orden. Todo tiene su espacio y su lugar sin embargo, el cuarto debe transmitir la sensación de sofocación.

Cerca de la entrada habita un inmenso cuadro del Papa Juan Pablo II.

El volumen de la música se disipa. Lydia aparece en su ventana.

LYDIA (Voz): ¡LUZ! ¡LUZ! ¡LUCECITA!

LUZ: (Se asoma a la ventana.) ¡Ey! ¿Qué pasó, Lydia?

LYDIA (Voz): ¿Cómo están las cosations, mujer?

LUZ: Aquí, ya ute ve, mija. En la lucha. Y uté 'tá tocando una musiquita, ¿eh?

LYDIA: Un poquito de Daniel Santos, mi reina; pa' alentar el alma.

LUZ: Eso 'ta bueno. Mire, mañana yo paso por ahí a dejále un dinerito pa' que me juege la bolita. Le voy a meté aunque sea veinte peso a un palé. A ve' si aunque sea me saco alguito. Porque la masa no 'tá pa' bollo, no e' ¿verdad?

LYDIA: ¡Pues, claro! Oye, y ¿Julio César no ha llegado todavía?

LUZ: Parece que se dilató el jodío avión ese.

LYDIA: Dile que cuando ya mero llegue yo lo quiero ver! Hice unos tamalitos bien ricos. ¡Pa' que se los coman!

LUZ: ¡'Tá bien! ¿De cuál lo hizo, de carne?

LYDIA: De carne y de puercation!

LUZ: A él le encantan los de carne.

LYDIA: Espérame... ¡Ahí viene alguien subiendo! ¡Seguramente es él! ¡Dile que me llame! ¡Qué se deje veration!

LUZ: ¡Okay, Lydia! ¡Gracia!

En la distancia escuchamos el paro de la música. Luz inmediatamente apaga el cigarrillo, riega una fragancia para dar buen olor, y corre a organizar unas cosas de último minuto. Se escucha el "clin-clán" de las llaves. Por la puerta entra JULIO CÉSAR. Solamente carga un bulto en su espalda y otro bulto que carga su computadora portátil.

JULIO CÉSAR: ¡Coño! ¡Cómo pesa subí ese jodío quinto piso!

LUZ: ¡POR FIN! ¡Cuánto tiempo sin verte, mijo! (Luz lo abraza y besa.) ¿No me va' a pedí' la bendición?

JULIO CÉSAR: 'Sción, mami.

LUZ: Dio' te bendiga. Muchacho, pero dame aunque sea un beso que hace tiempo que no te veo.

Julio César le da un beso en la mejilla.

LUZ: ¿Y tú no traíte maleta?

JULIO CÉSAR: No.

LUZ: Ah… Pero quítate ese bulto.

JULIO CÉSAR: Diablo, ete lugar 'tá como un anafe de caliente.

LUZ: Deja poné el airecito. E' que no lo puedo tene to' el tiempo prendío porque depué me llega esa luz má' cara quel diablo.

JULIO CÉSAR: Mami, pero eta casa si 'tá color rosa.

LUZ: Yo que la mandé a pintá. Ello te

preguntan qué color tú quiere y te lo pintan.

JULIO CÉSAR: ¿Y tú le dijite color rosa?

LUZ: ¿Qué, no te guta?

JULIO CÉSAR: Parece la casa 'e Barbie.

LUZ: Ya era tiempo. Esa parede 'taban to' depitrafá'.

JULIO CÉSAR: Pero el otro color que tenía 'taba má' bonito. Color azul. Así como el cielo.

LUZ: Yo quise cambiarlo. Total, todo en ete buildin' 'ta cambiando así que...

JULIO CÉSAR: ¿Cómo así?

LUZ: Los único Latino que quedamo aquí somo Lydia y yo. Depué to' los otro son puro gringo y chino.

JULIO CÉSAR: ¿Y eso? Aquí ante vivían muchísimo dominicano.

LUZ: Adió, de Macori, Barahona, Santiago... También habían colombiano, puertorriqueño... un asopao de latino.

JULIO CÉSAR: ¿Y qué pasó?

LUZ: E' que eto' por aquí se ha puesto carísimo. Ni se encuentra la comida de uno ya. Eso hay que 'tá bucando y bucando pa' encontra' un buen platanito. Pa' allá arriba pa' uptown uno encuentra hata siete y ocho platanazo por un peso. Y desde que se muda alguien suben esa maldita renta por el rufo. Los único que tienen chele pa' tá' pagando mile de peso en ete buildin' ahora son lo gringo y lo chino. Por eso e' que to' lo dominicano se han largao pa' allá arriba pa' Washington Heights y p'al Bronx. Y ahorita lo' botan de ahí también. Te digo a ti. Brincando como lo sapo 'tá uno, coño.

Julio César deja sus cosas a un lado y comienza a buscar algo en las tablas fijas.

LUZ: ¿Qué tú 'tá bucando?

JULIO CÉSAR: Un abanico o algo. ¿Y ese vajo a cigarrillo? ¿Tú sigue fumando?

Julio César continúa buscando.

LUZ: ¡Pero cuéntame, niño! ¿Cómo tú 'tá? Yo te petiseco.

JULIO CÉSAR: ¿Peti-qué?

LUZ: Flaco, ¿tú no 'tá comiendo?

JULIO CÉSAR: Yo lo que toy e' comiendo con cuidado.

LUZ: Ya deja de bucá abanico, muchacho.

JULIO CÉSAR: 'Toy prendío en calor.

LUZ: Ahorita enfría el airecito. Déjame bajá' esa ventana.

JULIO CÉSAR: ¿Tú 'taba voceando por ahí con Lydia era?

LUZ: ¿Con quién ma'? 'Tá loca por verte.

JULIO CÉSAR: Utede si son epeciale. Eto no e' campo. Usen el teléfono.

LUZ: Ella me dice que te hizo uno tamale. Depué la llama pa' que la salude, ¿oíte?

JULIO CÉSAR: Tú sabe que a mí no me gutan lo tamale.

LUZ: Pero no se lo va' a depreciá'.

JULIO CÉSAR: Yo no sé si voy a tener tiempo pa' 'tá visitando a nadie, mami. Yo no vine a eso.

LUZ: Hace tiempo que tú no pasa por aquí. Aunque sea dale una llamadation.

JULIO CÉSAR: ¿Una qué?

LUZ: Una llamadation para que ella te veration.

JULIO CÉSAR: ¿Qué lo que tú 'tá hablando?

LUZ: Adió, así e' que Lydia habla el inglé. Poniéndole "ation" a to' la palabra. Yo me muero de la risa.

JULIO CÉSAR: ¿Ella piensa que eso e' inglé?

LUZ: Esa Lydia e' má' rara. A cada rato me pregunta por ti. Parece que desde que se le murió el hijo se le ha cogido contigo.

JULIO CÉSAR: ¿Y qué fue lo que le dio al hijo de ella?

LUZ: Bueno... Tú sabe que él era del otro lao.

JULIO CÉSAR: ¿Cómo del otro lao?

LUZ: Torcío. Ju know. Maricón.

JULIO CÉSAR: Oh.

LUZ: Ella dice que le dio cáncer, pero pa' mi que se le pegó otra cosa.

JULIO CÉSAR: ¿Oh, si?

LUZ: Eso le pasa a la gente por 'tar andando en vagabundería.

JULIO CÉSAR: ¿Por qué tú dice que e' vagabundería?

LUZ: Porque eso no 'tá bien.

JULIO CÉSAR: ¿Y no 'tá bien porque lo dice tú?

LUZ: Yo no. Eso lo sabe to' el mundo. Lo que pasa e' que la gente se hacen lo chivo loco. Balsa 'e ratrero.

JULIO CÉSAR: Cada quien sabe lo que quiere. Eso ni tiene que ver con enfermedade' ni e' asunto de nadie.

LUZ: ¿O si? No me diga. ¿Y cuál es tu opinión sobre el asunto?

JULIO CÉSAR: Te la acabo de dar. Tú parece que 'tá sorda.

Julio César regresa a buscar entre las tablas fijas

LUZ: ¿Qué tú 'tá bucando ahora?

JULIO CÉSAR: Algo. Busco algo.

LUZ: ¿Qué pasó con la línea esa que llegaron tan tarde?

Julio César continúa buscando.

JULIO CÉSAR: El avión se travió en

Ohio... Creo que mucha lluvia o qué sé
yo...

LUZ : Toda esa aerolínea se han vuelto una
mierda, hombre. A mí ni me hable de jodío avione.
No quiero sabe' de esa guarandinga.

JULIO CÉSAR: Tú na' ma' viaja si alguien se
muere.

LUZ: E' que uno trabajando lo siete día a la
semana cuidando viejo no puede 'tá
saliendo to' el tiempo.

JULIO CÉSAR: Pero tú tiene tu vacacione,
mami. Lo que pasa e' que tú nunca la coge.

LUZ: Eso de vacacione' se ha pueto color de
hormiga, mijito. Ahora tiene uno que   'tá
ponchando   por   teléfono   con   una   jodía
computadora. Eso e' vigilándote to' el
tiempo que 'tan.

JULIO CÉSAR: Cuánta vece no te he
invitado yo a ti y a tía Divina pa' que
vayan a visitarme.

LUZ: Uno en ete paí se ha pueto que no quiere
salí pa' ningún lao. Le entra esa cuaja a uno.   Y
má' yo trabajando lo siete día a la semana.

JULIO CÉSAR: ¿Cuándo fue la última ve'
que tú fuíte pa' Santo Domingo?

LUZ: Creo que fue cuando papá murió.

JULIO CÉSAR: El diablazo, mami; pero eso hace
má' de 15 año.

LUZ: Pue, quince año, entonce.

JULIO CÉSAR: ¿Por qué tú no va?   Ahí e'

que 'tán todo tus hermano. Ve y aunque sea distrae la mente.

LUZ: ¿Pa' qué? ¿Pa' que desde que aterrice me empiecen a pedir dinero? No hombe. No toy en ese plan.

JULIO CÉSAR: En el verano tú siempre me mandaba pa' allá con tía Divina pero tú nunca iba. Yo no se cuál e' tu problema.

LUZ: ¿A ir yo pa' ese campo a coger calor, cagar en letrina y limpiame la nalga con hoja? Mejor me quedo en mi cueva.

JULIO CÉSAR: A ti como que nunca te ha gutado Santo Domingo.

LUZ: No e' que no me guta, Julio César, sino e' que ya uno etá acotumbrao a su cosa aquí en éte paí. Y con la familia de uno meno: "Dame eto, dame lo otro, ¿qué me trajíte?" Se creen quel dinero cae del cielo. Yo no soy banco. Jodío campo 'el coño ese... ¡Ay! Por cierto... (Agarra su pasaporte.) Mira.

JULIO CÉSAR: ¿Qué e' esto?

LUZ: Mi pasaporte Americano.

JULIO CÉSAR: ¿La ciudadanía? ¿La hicíte?

LUZ: Adió, ¿qué tú cree? Tu madre e' una leona. ¡Pasaporte Americanation!

JULIO CÉSAR: Tú no me dijíte…

LUZ: ¿Por qué te sorprende tanto?

JULIO CÉSAR: No, por nada. ¡Pue, congratulation!

Julio César cruza sus piernas.

LUZ: ¡Y eso que me tomé el examen en   inglés!
No cruce la pierna así, niño-

JULIO CÉSAR: ¿Por qué?

LUZ: Yo dije: "pal carajo, coño." Total.
Etudié el librito ese que te dan, tomé mi
examen y lo pasé.

JULIO CÉSAR: Ah, pue entonce tú sabe má' inglé
que yo.

LUZ: Y fíjate que me tocó un chinito de lo má'
nice. Él me preguntó: ¿Cuánta estrella tiene la
bandera Americana? Yo le dije "fiftee."

JULIO CÉSAR: ¿Y no son cincuenta y
uno?

LUZ: No cuentan Puerto Rico todavía.

JULIO CÉSAR: Ah.

LUZ: Depué me preguntó: ¿Cuáles son lo colore
de la bandera? Yo le dije "Red, white, and blue."
Me hicieron como veinte pregunta, muchacho.
Depué yo firmé mi do' foto, entregué mi pasaporte
dominicano, y de ahí me fui a una sala que 'taba
pero llenita de gente. Ay Dio mío, cuánta gente.
Y e' to' lo día que hacen esa vaina. Ciento de
persona intercambiando lo papele de su país por
el americano. Como quien dice de Guatemala a
guatepeor porque uno na' ma' viene aquí, coño, a
pasa' trabajo. Fajao trabajando to' lo día y lo chele
se le van a uno como si na'. Te digo a ti... La
promesa de ete país son poco lo que la difrutan.

JULIO CÉSAR: ¿Por qué tú la hicite
ahora?

LUZ: Hay que ponerse la pila porque si tan poniendo la cosa color de hormiga para lo que no sean ciudadano. Ya no e' como ante, no. Lo que tienen la green card cuentan meno ahora y éta que ta' aquí no 'tá en ese plan. ¡Yo valgo, coño!

JULIO CÉSAR: Bueno, pero como quien dice,   ya tú era ciudadana. Lo único que te   faltaba era el papel ese. Tú nunca va pa' Santo Domingo. Ni te agrada el país. Na' ma' to' el tiempo hablando mal de él.

LUZ: Pero ese e' mi país.   Ahí fue que yo nací. Por ma' que uno hable se   siente.

JULIO CÉSAR: Quién te entiende, mujer... ¡Fo, coño! ¿Qué peste e' esa?

LUZ: Eso e' el restaurant chino de ahí al lao que se ponen a freír pecao. ¡Un vajo a crica que sube de ahí abajo!

JULIO CÉSAR: ¿Tiene espray pa' echá? Pa' que se vaya ese mal olor.

LUZ: Olvídate que ningún espray mata ese vajo. Ahorita te acotumbra. Siéntate, niño.

Julio César se sienta a la mesa. Se muestra intranquilo.

JULIO CÉSAR: ¿Por qué tú tiene to' eso diploma mío guindando ahí todavía?

LUZ: Porque son tuyo. Tú no te lo lleva. Mejor que 'ten ahí guindao.

JULIO CÉSAR: Y tía Divina, ¿cómo 'tá?

LUZ: Ahorita llamó preguntando si tú

había llegado. Creo que me dijo que
mañana iba a pasar por aquí.

JULIO CÉSAR: Tá pichirila la cosa porque el funeral y el entierro de mi papá e' mañana. Depué tengo que regresá y arrancar pal aeropuerto.

LUZ: Ofre'come. ¿Pero tú te va mañana ya?

JULIO CÉSAR: Mami, yo te lo dije. Tengo que trabajá. Yo no vine de visita.   Yo   vine   pal entierro.

LUZ: Siempre con la corredera...

JULIO CÉSAR: ¿Tú cocinate?

LUZ: Qué pregunta. Ahí yo te hice un
arrocito blanco, una carnita guisada y
una ensalada de papa.

JULIO CÉSAR: Ei pipo.

LUZ: ¿Tiene hambre?

JULIO CÉSAR: Qué pregunta.

LUZ: Yo tenía la comida ahí con el fuego bajito. Yo dije, "ojalá que llegue   pronto pa' que no se le vuelva concón el arro'."   Déjame servirte.

JULIO CÉSAR: Que chiquito se ve éte
lugar. Yo no me acuerdo que era tan
chiquito.

LUZ: Igual que siempre.   Lo que pasa e'
que hace tiempo que tú no pasa por aquí.

JULIO CÉSAR: Hace poco, mami.

LUZ: ¡Cinco año, Julio César! ¡Ya van
cinco!

JULIO CÉSAR: Hace como tre' año que yo vine pa' navidad.

LUZ: Oye al otro... eso fue cuando tú pasate con ecala porque dique iba rumbo yo no sé pa' donde. Y na' ma' te pasáte unas horas. Siempre andando a to' tiro pa.

JULIO CÉSAR: Tú sabe que yo trabajo para mí y no tengo mucho tiempo pa' viajá.

LUZ: Pero sí tiene tiempo pa' llamá a tu tía to' la semana, ¿verdad?

JULIO CÉSAR: ¿Cómo así?

LUZ: Ella me dice que tú la llama to' el tiempo. A mí si me toca una vez al mes e' un milagro. ¿Entonce, tú te conecta con to' el mundazo meno con tu madre? ¿Yo te hice algo?

JULIO CÉSAR: Ay, mami. No empieze.

LUZ: Pue, digo yo...

JULIO CÉSAR: ¿Y ese cuadro tan grande?

LUZ: Un cuadro del Papa.

JULIO CÉSAR: Yo sé que e' el Papa, pero ¿para qué tú tiene esa cosota ahí? Tú ni va' a la iglesia.

LUZ: ¿Qué sabe tú si yo voy o no?

JULIO CÉSAR: Entonce, ¿tú va a la iglesia?

LUZ: ¡No! Pero no me guta cuando la gente anda suponiendo.

JULIO CÉSAR: Esa cosa se come casi la mita' del

apartamento. Parece un monstruo.

LUZ: Pue a mi me guta esa cosa.

JULIO CÉSAR: Allá tú.

LUZ: Siéntate niño pa' servirte... ¿Te rajo un aguacate?

JULIO CÉSAR: ¿'Tá maduro?

LUZ: Déjame ve'... Y caro que tán lo jodío aguacate 'el diablo. Ete túve yo que cojé   pa' la 181 a bucarlo. Mira, 'tá madurito; ¿quiere una tája?

JULIO CÉSAR: 'Tá bien. Pero pónmelo en un plato separado. Y la ensalada de codito y la de papa me la pone en plato separado también.

LUZ: Ajá, ¡pero tú quiere mucho plato!

JULIO CÉSAR: No me gusta la comida   mezclada.

LUZ: ¿Y eso? Ahora 'tá tú privando en FISNOS?

JULIO CÉSAR: Ay, mami.

LUZ: También te hice una habichuelita roja pa' que te la coma con el arro'.

JULIO CÉSAR: Tú sabe que a mí no me gutan   la habichuela.

LUZ: ¿Todavía tú 'tá con esa maña?

JULIO CÉSAR: ¿Desde cuando no como yo habichuela, mujer?

LUZ: Tú te la come en el moro.

JULIO CÉSAR: Pero no me gustan guisá.

LUZ: Bueno, muchachito, hijo mío tú no ére, porque eso de no gutarte la habichuela… eso e' un crimen. Cadena perpetua deberían de darte, coño. Un arrocito blanco nunca, NUNCA debe de 'tar sin su habichuelita. Eso e' blasfemia!

JULIO CÉSAR: Oye la otra.

LUZ: ¿Por qué todo contigo siempre e' separáo? La comida, tus cosas, la familia.

JULIO CÉSAR: ¿Ahora 'tá tú comparando mi vida con la habichuela? Que metáfora.

LUZ: ¿Meta-qué?

JULIO CÉSAR: Nada, mami. ¡No me gutan la habichuela y ya!

LUZ: Tú tiene que alimentarte, ¿oíte? Con la salud no se juega.

Luz enciende un cigarillo.

JULIO CÉSAR: Y dale con la fumadera. Fúmalo pa' llá, mami! No puedo repirar con ese humo.

LUZ: Un cigarrillito ante de acotarme, hombe. Eso no hace na'.

Lydia se asoma a su ventana.

LYDIA: ¡Luz, Luz, Lucecita!

LUZ: ¡Wey!

LYDIA: ¿Era él?

LUZ: ¡Sí, Lydia!

LYDIA: ¡Dile que me llame!

LUZ: Ven, Julio César, pa' que salude a Lydia.

JULIO CÉSAR: ¡Ay, mami! ¡Depué!

LUZ: Acuérdate que las única latina que quedamo aquí somo ella y yo.

JULIO CÉSAR: Ya me lo dijíte.

LUZ: Epérece, Lydia, pa' que lo vea... Ven, coño que si no depué empieza a hablá.

JULIO CÉSAR: ¿A quién le va a hablá, a lo chino?

LUZ: ¡Ven, niño!

Julio César camina hacia la ventana de mala gana

JULIO CÉSAR: ¿Cómo 'tá, Lydia?

LYDIA: ¡Ay, cuánto tiempo, mijito lindo! ¡Pero mira qué belleza!

JULIO CÉSAR: ¿Cómo 'tán la cosa?

LYDIA: Pues aquí. En lo mismation. Para que después pases a buscar unos tamalitos que te hice. Son de carne y de puercation.

JULIO CÉSAR: E' que yo no como- (Luz le da un codazo entre las costillas.) Digo, ajá. 'Tá bien.

LYDIA: Ya me contó tu madre, por cierto. Mi sentido pésame. La Virgencita de Guadalupe tenga a tu padre en su santo vientre.

JULIO CÉSAR: Gracia, Lydia.

LYDIA: Oye, ¿ya tienes novia?

JULIO CÉSAR: ¿El qué?

LYDIA: Un muchacho tan guapo como tú me imagino que tiene filas de admiradoras.

JULIO CÉSAR: Ajá- me imagino.   Bueno Lydia, depué no vemo. (Regresa a la mesa.)

LYDIA: Está grande tu hijo, Luz.

LUZ: Un hombrón.

LYDIA: Igualito al mío, que en paz descanse. Ya mero mero te da nietos.

LUZ: Eso epero. Ah mire, se me había olvidado... Le compré el sazón dominicano ese, del que le dije. Lo econtré pa' allá arriba.

LYDIA: ¡Ah, qué bueno!

LUZ: Déjeme bucarle el potecito. (Busca un pote de sazón y lo pone en una canasta que está pegada a un palo largo.   Obviamente algo construido a mano.   Se asoma por la ventana.)   ¡Agarre!   (Luz le pasa el sazón por   la ventana).

LYDIA: ¡Gracias, mi reina!

LUZ: Ese sazón e' má bueno. Uté va ver qué gusto coge esa carne.

LYDIA: ¡Ahora mismo voy a sazonar una cabeza de chivo!

JULIO CÉSAR: ¡¿Cabeza de chivo?!

LUZ: Okay, no vemo depué, Lydia.

LYDIA: ¡Está bien!

JULIO CÉSAR: Qué relajo tienen utede con esa ventana. Eto no e' campo, coño.

LUZ: No empiece con el fuñío campo 'el diache ese... Mira, ¿y la pregunta que te hizo Lydia?

JULIO CÉSAR: ¿Qué pregunta?

LUZ: ¿Tú no tiene novia? ¿O mejor dicho, novias?

JULIO CÉSAR: Yo no tengo tiempo pa' esa cosa.

LUZ: Ah, pue tú no tiene tiempo pa' na', entonce.

JULIO CÉSAR: ¿Me va a terminar de servir la comida?

LUZ: E' lo que digo. Todo separao. Igualito al pai tuyo.

JULIO CÉSAR: A mi no me compare con ese señor.

Luz termina su cigarrillo, lo moja en el fregadero y lo tira en la basura. Continúa sirviendo la comida. Saca ollas y platos de todas partes, incluso del horno.

JULIO CÉSAR (CONT'D): El diantre, mami, pero ¿todavía tú guarda olla en ese horno?

LUZ: ¿Y dónde ma' la voy a meté, en el culo?

JULIO CÉSAR: Jesú santísimo.

LUZ: Ven acá, ¿qué fue lo que pasó con él?

JULIO CÉSAR: ¿Con quién?

LUZ: Con tu papá. Sabiendo que 'taba enfermo y no decirle nada a nadie.

JULIO CÉSAR: Cada mente es un mundo.

LUZ: Pero... Digo... ¿Qué era lo que tenía por fin?

JULIO CÉSAR: Será qué NO tenía. La diabeti lo atacó por to' lo lao.

LUZ: ¿Cuándo fue que tú me dijite que hablate con él?

JULIO CÉSAR: El lune.

LUZ: ¿Y murió el miércole?

JULIO CÉSAR: Ajá.

LUZ: Mm. ¿Y esa rareza que tú lo llamate?

JULIO CÉSAR: Sergio que me dijo que no se sentía bien.

LUZ: Entonce eso hace tiempo que 'taba enfermo.

JULIO CÉSAR: Así parece.

LUZ: Por cierto, ahí te compré una vitamina pa' que te la lleve.

JULIO CÉSAR: Yo tengo vitamina.

LUZ: Sí, pero éta e' muy buena pal corazón.

JULIO CÉSAR: ¿Qué e' eso?

LUZ: La "Koku 10."

JULIO CÉSAR: ¿La Koku qué?

LUZ: La "Koku 10."

JULIO CÉSAR: ¿Y de dónde sacate tú esa cuetion?

LUZ: En radio Wado que la anunciaron. Por eso e' que ya yo no 'toy tomando   medicina pa' la presión.

JULIO CÉSAR: ¿Tú 'taba tomando medicina pa' la presión?

LUZ: Hace tiempo.

JULIO CÉSAR: Yo no sabía eso. ¿Pero ya tú 'ta bien?

LUZ: Sí, hombe.

JULIO CÉSAR: ¿'Tá segura?

LUZ: Que si.   Llévate el potecito pa' que te dé energía.

JULIO CÉSAR: Ponla por ahí.

LUZ: No la vaya a dejar.   El pai tuyo no se cuido y mira...

JULIO CÉSAR: 'Tá bien.

Julio César se levanta.

LUZ: ¿A dónde tú va?

JULIO CÉSAR: A bucar un poco de agua.

LUZ: Déja que yo te la buco.

JULIO CÉSAR: ¿Tú no va' a comé?

LUZ: Ahora yo me sirvo.

JULIO CÉSAR: (Toca una parte de la pared.) Mami.

LUZ: ¿Ah?

JULIO CÉSAR: Mira, la parede se tan rompiendo.

LUZ: Hace tiempo, mijo. Ahh, pa' que depué que coma me lea una carta que me llegó del housing.

JULIO CÉSAR: ¿De qué housing? ¿Tú te quiere mudar?

LUZ: Ahí que apliqué pa' la sesión ocho esa.

JULIO CÉSAR: Tú no me dijite nada.

LUZ: Pero eta e' como la cuarta vez que yo aplico. En la última me dijeron que no me podían aceptar disque porque yo ganaba cien dólare má' de lo elegible. Pero e' verda, coño...

JULIO CÉSAR: ¿Y por qué tú te quiere mudar?

LUZ: E' que uno subiendo ese quinto piso... No 'tá fácil. Aquí no hay elevador. Uno se 'tá poniendo viejo. Y éte buildin' 'tá tan solitario. Ya yo no tengo con quien habla'. Lydia na' ma'. La mayoría del tiempo uno se la pasa aquí encerrao, mirando pelota y hablando solo como lo' loco.

JULIO CÉSAR: Tú me tiene en el lease, ¿verdad?

LUZ: Yo siempre te pongo.

JULIO CÉSAR: Si tú te muda yo me quedo con el apartamento.

LUZ: ¿Cómo que te queda con el apartamento? ¿Tú no dice que 'tá muy chiquito pa' tí?

JULIO CÉSAR: Sí, pero ete apartamentico e' oro. Si tú te muda yo me aguanto. O lo remodelo.

LUZ: Pero tú vive en Texas.

JULIO CÉSAR: ¿Y eso qué tiene que ve'?

LUZ: ¿Entonce tú na' ma' quiere viví aquí e' si yo me largo?

JULIO CÉSAR: No e' eso. ¿Cómo tú va a dejá perdé un apartamento en tan buena locación? Y más si yo etoy en el lease. Porque ello no saben que yo no vivo aquí ya.

LUZ: Pero yo si sé. Y muy bien.

Julio César regresa a la mesa y continúa comiendo. Después de buscarle el vaso de agua, Luz se sienta y se queda mirándolo fijamente. Pasan momentos en silencio.
Luz continúa mirando a Julio César con una mirada fija pero lejana.

JULIO CÉSAR: ¿Qué?

LUZ: ¿Qué de qué?

JULIO CÉSAR: ¿Qué tú mira tanto?

LUZ: Nada.

JULIO CÉSAR: Déjame vé la carta esa del housing.

LUZ: Depué que coma te la enseño.

JULIO CÉSAR: Yo me tengo que ir donde mi

hermano, así que déjame verla   ahora.

LUZ: ¿Tú va' para donde Sergio tan tarde?

JULIO CÉSAR: Le dije que iba a pasar un momento por si necesitan algo.   Pa'que depué no digan.

LUZ: Pue déjame bucate la carta.

Luz va en busca de la carta hacia al lado de la cocina y comienza un proceso de mover cosas de un lugar a otro como si fuera un rompecabezas. Todo está bien ensayado. Ella sabe cómo mover todo perfectamente para encontrar lo que quiere y no hacer reguero. Mueve grandes paquetes de fundas plásticas, comida en latas, adornos, galones de aceite, máquinas viejas como tostadoras, contenedores plásticos, y otros objetos. Al encontrar la carta regresa todo a su lugar.

JULIO CÉSAR: Tú sí tiene guarandinga delante de ese firescape. Y delante del calentador que e' peor todavía.

LUZ: ¿Qué calentador? ¿De qué tú 'tá hablando?

JULIO CÉSAR: El "estín" ése, como tú le llama.

LUZ: Ahh, el etín. Eso 'tá bien ahí.

JULIO CÉSAR; ¿Cómo qué 'tá bien?   Ese calentador, "ESTIN", lo que puede e' prendé to' esa vaina. ¿Y si se arma un fuego? Adió, te achicharra.

LUZ: Uno no tiene donde guardá la cosa. Tú sabe que eto e' un etudio.

JULIO CÉSAR: Pero tú puede botá toda esa porquería, mami. Mira, ese microonda que tú tiene ahí, tú ni lo usa. Te apueto que ni sirve.

LUZ: ¡Claro que sirve!

JULIO CÉSAR: ¿Y eso do' televisore? Porque ese otro ni funciona.

LUZ: ¡Ese yo lo uso de mesita!

JULIO CÉSAR: Bota eso.

LUZ: ¡Yo mi cosa no la voy a bota'!

JULIO CÉSAR: Eso e' tieto pa' quí y tieto pa' allá. Y reja por to' lo lao.

LUZ: ¿Qué reja?

JULIO CÉSAR: La reja esa en el jodío firescape; otra reja en el baño y otra en la ventana de la entrada. Coño, ni que fuera Alcatraz.

LUZ: Esa reja de ahí alante la pusieron pa' protegé a lo niño.

JULIO CÉSAR: Aquí ya no hay niño.

LUZ: Bueno, también pa' que uno no se vaya de boca de un quinto piso y se rompa el jocico. Mira, aquí 'tá la carta. ¿Qué lo qué dice ahí?

JULIO CÉSAR: ...Que recibieron tu aplicación y que hay una lista de espera.

LUZ: Yo sé que eso e' lo que dice.

JULIO CÉSAR: Ajá, entonce, ¿pa' qué necesita que te la lea?

LUZ: ¿No dice ma' ná?

JULIO CÉSAR:...Que 'té pendiente porque en cualquier momento pueden mandarte una carta o llamarte. ¿Viste? Por eso e' que yo te digo que tiene que comprá una máquina de mensaje.

LUZ: Eso e' lo que eso baboso siempre dicen. Pero si me llaman otra vez, yo 'toy preparada. Cerré toda la cuenta de banco que tenía pa' que no se pongan a investigar y vean que uno tiene un dinerito guardao.

JULIO CÉSAR: ¿Y dónde tú tiene tu dinero ahora?

LUZ: Aquí en la casa.

JULIO CÉSAR: ¿Que qué?

LUZ: En una cajita fuerte que compré ahí abajo en la Duane Ree.

JULIO CÉSAR: ¿Pero tú 'tá loca? Eso e' un peligro. ¿Y si se meten a robar? ¿O si hay un fuego?

LUZ: La caja e' a prueba de fuego.

JULIO CÉSAR: Mami, ello van a saber lo que tú gana por lo taxes. Si tú quiere mañana yo voy contigo y te abrimo una cuenta.

LUZ: ¿Y mañana no e' que tú te va'?

JULIO CÉSAR: Verda que sí.

LUZ: Olvídate, mijito. No te preocupation.

JULIO CÉSAR: Depué cuando yo regrese vamo y te abrimo una cuenta en el banco.

LUZ: De aquí a que tú regrese 'toy yo siete metro bajo tierra. Yo mima arreglo mi cosa. To' la vaina que necesito 'tan aquí mismo, en éta cuatro parede.

Julio César se levanta.

LUZ (CONT'D): ¿Pa' dónde tú va'?

JULIO CÉSAR: Al baño, un momento.

LUZ: Pero termina de comer, hombre de dió.

JULIO CÉSAR: A pue, me 'toy meando, mami.

Suena el teléfono.

LUZ: ¿Quién será? Llamando pa' joder la existencia.

JULIO CÉSAR: Si e' pa' mí di que no 'toy. Al meno que sea tía Divina.

LUZ: Claro. Tu tía Divina. Siempre con tu tía Divina. Yo no sé qué compinche e' que tienen utede do'.

El teléfono sigue sonando.

JULIO CÉSAR: Agárralo, mami.

LUZ: Agárralo tú.

JULIO CÉSAR: No quiero hablá con nadie.

LUZ: Yo tampoco.

Julio César entra al baño.

LUZ: ¡Coño! ¡¿Aló?! Ah, sí, buena noche, ¿cómo estás? ¿Oh, sí? ¿Y cómo 'tá ella?

Qué bueno. Aja, mañana e' que ella tiene el appoinment de dyalisi. Sí, él llegó. Ahora 'tá en el baño. No, la funeraria y el entierro e' mañana. ¿Ah? ¿A cenar? Mira, lo que pasa e' que yo 'toy ocupada mientra él está aquí, ¿tú ve? No, sí, despué... Pue déjame dejarte. ¿Ah? Tú quiere hablá con él? Bueno... Este... 'pérate, epérate un momentito. ¡Julio César! Ven pa' que hable con Freddy.

JULIO CÉSAR (Saliendo del baño y en voz baja) ¿Con quién?

LUZ: Freddy, el hijo de Isabel, la señora que yo cuido. Quiere hablá contigo.

JULIO CÉSAR: ¿Conmigo? ¿Y para qué?

LUZ: Háblale, caramba.

JULIO CÉSAR: ¿Y qué tú quiere que yo le diga?

LUZ: Lo que tú quiera, ¡pero salúdalo, coño!

JULIO CÉSAR: ¡Ay, mami! (Luz le pone el teléfono en la oreja.) ¿Aló? Sí, ¿cómo está? Sí, yo soy Julio César, el hijo de Luz. Todo bien, gracia. Un poco cansado y con hambre, pero ya 'toy resolviendo ese asunto, como dicen. ¿El qué? ¿Un reloj?

Luz le indica que le siga la corriente.

JULIO CÉSAR (CONT'D): ¡Ah, sí! Ella me lo dio. 'Tá bien bonito. Precioso. Gracia. Espero conocerlo pronto porque no he tenido el placer. Igualmente. Que pase buena noche.

LUZ: ¿Aló? Pue yo te llamo mañana depué

que lleguemo de la diálisi. Okay, bye...
¿Quiere má' agua?

JULIO CÉSAR; ¿Y quién e' Freddy?

LUZ: Ya te dije. El hijo de Isabel, la señora que yo cuido.

JULIO CÉSAR: Y la señora que tú cuida, ¿no se llama dique Herminia?

LUZ: Herminia e' la que yo cuido lo sábado y domingo.

JULIO CÉSAR: Pero tú no me había mencionado a Freddy.

LUZ: Claro que sí.

JULIO CÉSAR: Yo no me acuerdo de eso. ¿Y de qué reloj e' que él me etá hablando?

LUZ: Un relojito ahí de lo má nice que él me dio para ti; pero como hace tiempo que tú no viene, yo le dije que te lo mandé por correo.

JULIO CÉSAR: Tú sabe que yo no uso ninguna clase de joya.

LUZ: Pero yo no le voy a decí eso.

JULIO CÉSAR: ¿Y por qué él te 'tá llamando tan tarde?

LUZ: ¿Tú no oye que mañana tengo que llevá a la mamá a diálisi?

JULIO CÉSAR: ¿Y pa' eso te invitó a comer?

LUZ: ¿Cómo que a comé?

JULIO CÉSAR: Tú le dijite a él dique que: "mañana no puedo porque voy a estar ocupadas!" ¿No será que tú tiene novio?

LUZ: Mira, muchachito, hazme el favor. HAZME EL FAVOR...

JULIO CÉSAR: Eso no tiene nada de malo.

LUZ: Déjate de 'tá hablando diparate. Ése e' el hijo de la señora que yo cuido y punto.

JULIO CÉSAR: Yo siempre te he dicho que quiero que te case. Yo no sé porque tú 'tá to' el tiempo sola.

LUZ: No quiero má' enredo del que tengo.

JULIO CÉSAR: Entonce, ¿tú no tiene novio?

LUZ: Y tú, ¿no tiene novia?

JULIO CÉSAR: Te 'toy preguntando a ti, e'.

LUZ: Y yo a ti. ¿O no será que tú tiene algo econdío por ahí?

Intervalo de silencio.

LUZ: ¿Quiere que te sirva má' comida?

JULIO CÉSAR: No.

LUZ: ¿Quiere má' carne?

JULIO CÉSAR: No.

LUZ: ¿Te sirvo un poquitico de habichuela.

JULIO CÉSAR: ¡Qué no!

LUZ: Pue, entonce me sirvo yo.

Luz se sirve un poco de comida.

JULIO CÉSAR: Coño, mami, ¿pero por qué tú 'tá con ete silencio? Aunque sea pon la televisión. Eto parece un funeral.

Luz se sienta y se queda mirando a Julio César otra vez con una mirada fija. Pasan unos momentos en silencio.

JULIO CÉSAR: ¿Qué fue?

LUZ: Nada.

JULIO CÉSAR: ¿Qué tanta miradera e' la tuya? Cómete tu comida.

Julio César prende el televisor y lo pone en volumen bajo.

LUZ: ¿Qué lo que 'tan dando en esa televisión?

JULIO CÉSAR: Yo que sé.

LUZ: Ay, dio', mira. Dique un show de pájaro. Te digo a ti. Ete mundo está perdido.

JULIO CÉSAR: Si no te guta, cámbialo.

LUZ: Mira, ahí yo te hice un flan. Lo puse a baño e' María cuando llegué de trabajar. ¿Te acuerda que yo siempre te lo hacía cuando 'taba chiquito?

JULIO CÉSAR: Aja.

LUZ: Ahí también hay pan, jamón, queso, yogurt, conflé…

JULIO CÉSAR: Será cereal.

LUZ: Pue eso mimo, conflé. Hay franfura en   el
freese...

JULIO CÉSAR: ¿Franfura en el freese?

LUZ: Lo hot dog eso.

JULIO CÉSAR: Ahh, tu quiere decir lo
perro caliente en el congelador.

LUZ: Anyway. Si te da hambre en la
mañana, pue tú resuelve.

JULIO CÉSAR: Okay.

LUZ: Mmm, eta habichuelita 'tan por la
maceta!

JULIO CÉSAR: Me alegro por ti.

Suena el celular de Julio César.

LUZ: Anda pal carajo con eso jodío
teléfono.

JULIO CÉSAR: ¿Aló? ¡Hey, Sergio! Ahora mimo
voy pa' allá... ¿El qué? ¿Cómo así? ¿Pero no
dique lo iban a velar y a   enterrar el mimo día?
Lo que pasa, Sergio, e' que yo me tengo que ir
mañana, así que si cambian el día del entierro...
Ajá.   Pue yo no voy a poder estar. No, no voy a
poder... Ahora yo voy y hablamo. 'Tá   bien,   no
vemo. ¡COÑAZO!

LUZ: ¿Qué pasó?

JULIO CÉSAR: ¡Me cago en na'!

LUZ: ¿Qué fue?

JULIO CÉSAR: ¡Qué cambiaron todo sin decirme nada!

LUZ: ¿Cambiaron qué?

JULIO CÉSAR: Parece que hay mucha gente que quieren ir a la funeraria. Ahora lo van a enterrar pasado mañana. ¡Qué joder ma' puro!

LUZ: ¿Entonce tú no va ir a el entierro?

JULIO CÉSAR: ¡Pue claro que no!

LUZ: Tú tiene que ir.

JULIO CÉSAR: ¡No me puedo quedar!

LUZ: No puede o no quiere?

JULIO CÉSAR: ¡Me voy!

LUZ: Eso no se va a ver bien.

JULIO CÉSAR: ¿Y qué tú quiere que yo haga?

LUZ: Cambia el pasaje. Yo no sé cual e' el apuro tuyo.

JULIO CÉSAR: Tengo una presentación el sábado en la noche.

LUZ: Pue mejor te va el sábado en la mañana.

JULIO CÉSAR: ¡No! Na' ma' se ponen a 'tar cambiando plane sin decirle a uno...

Suena el celular de Julio. Este lo mira e inmediatamente se para de la mesa y se marcha al baño. Luz baja el volumen del televisor. Continúa con su cena pero se mantiene pendiente a la conversación que se escucha a lo lejos.

JULIO CÉSAR (CONT'D): Hello? Hey, how's it going? I'm okay. We got here late and now there's all this shit with dad's burial. They changed it. Now they're gonna bury him on Saturday. I don't wanna stay here more than I need to! Because! She's fine, I don't know... Listen, let me call you later, okay? I will, I promise. Yeah, me too. Bye.

Julio regresa a la mesa.

LUZ: ¿Quién era?

JULIO CÉSAR: Un amigo.

LUZ: ¿Qué amigo?

JULIO CÉSAR: El que se etá encargando de Atticus.

LUZ: Esa e' la gata, ¿verdá?

JULIO CÉSAR: Gata no, mami, gato. Yo tengo má de cinco año con ese gato y ¿todavía tú no te acuerda que e' varón?

LUZ: ¿Cómo e' que se llama el dichoso gato?

JULIO CÉSAR: Atticus.

LUZ: ¿Antiguo?

JULIO CÉSAR: ¡At-ti-cus!

LUZ: Ese gato 'tá má viejo que Matusalén. ¿Y cuál amigo e' ése que te lo cuida?

JULIO CÉSAR: Un amigo.

LUZ: ¿Yo lo conozco?

JULIO CÉSAR: No.

LUZ: Mm. ¿Y él se lo lleva pa' su casa?

JULIO CÉSAR: Él va por mi casa y le dá vuelta.

LUZ: ¿O sea que tiene llave pa' entrá?

JULIO CÉSAR: Yo le hice una copia.

LUZ: Ahh... ¿Y cómo se llama ese amigo tuyo?

JULIO CÉSAR: Tú pregunta má' que un sacerdote. Se llama Russell.

LUZ: ¿Russo?

JULIO CÉSAR: Russell.

LUZ: ¿Y de dónde e' el tal Russo? ¿De la Union Soviética?

JULIO CÉSAR: Gringo, mujer. De Texas.

LUZ: Ahh... ¿Y desde cuándo utede se conocen?

JULIO CÉSAR: ¡Coño, mami!

LUZ: ¡E' una pregunta na' ma'!

JULIO CÉSAR: Hace como uno cuatro año.

LUZ: Tú no me lo había mencionao.

JULIO CÉSAR: Tú tampoco me había mencionao al tal Freddy.

LUZ: Hm. Bueno...

JULIO CÉSAR: 'Taba loco por salir de

todo esto ya.

LUZ: Entonce, ¿te hago un sancochito e' gallina mañana?

JULIO CÉSAR: Ya te dije que me voy.

LUZ: Eso se va a ver raro que tú no va a etar en el entierro, Julio César. Pa' mí que debería averiguá si te puede quedar.

JULIO CÉSAR: Cambiar ese pasaje va cotar mucho dinero.

LUZ: Yo te ayudo con lo que pueda, mijo, pero tú debería de etar ahí.

JULIO CÉSAR: Me da miedo que pase algo con el vuelo y no llegue a tiempo pa' mi presentación el sábado.

LUZ: Eso no le pasa nada.

JULIO CÉSAR: Ya dije que no.

LUZ: ¿Y qué e' eso tan importante que tu 'tá presentando?

JULIO CÉSAR: Una obra... Bueno, do obra.

LUZ: ¿Do' obra? ¿Cómo así?

JULIO CÉSAR: La 'tamo presentando en repertorio.

LUZ: ¿Y qué e' eso?

JULIO CÉSAR: Cierto día presentamo una y otro día presentamo otra.

LUZ: ¿O sea que hacen diferente personaje   y

?

JULIO CÉSAR: Ajá

LUZ: ¿Cuále obra e' la que tan
presentando?

JULIO CÉSAR: Nada que tú conoce.

LUZ: Cómo tú sabe que no la conoco si no   me
dice.

JULIO CÉSAR: *Midsummer Night's Dream*   y
Henry The Fourth Part I.

LUZ: ¿Ah?

JULIO CÉSAR: En Español se llama
Sueño de una noche de verano y *La   primera
parte del Rey Enrique.*

LUZ: La mierquina.   Qué título ma' largo
son eso. No conoco esa vaina.

JULIO CÉSAR: ¿Víste?

LUZ: ¿Que si ví qué? No la conoco y ya.   ¿Y
qué papel e' qué tu 'tá 'siendo?

JULIO CÉSAR: Ay mami...

LUZ: Dime, hombre de Dió. Yo quiero   saber.

JULIO CÉSAR: ¿De verdá?

LUZ: Ajá, pero si te 'toy preguntando.

JULIO CÉSAR: En *La primera parte del Rey
Enrique* hago el papel principal del Principe   y
en la otra hago Oberón, el rey del las   hadas.

LUZ: ¿Rey de las hadas? ¿Tú te 'tá
vitiendo de mujer e'?

JULIO CÉSAR: No, muchacha. Él es un rey.   E' una comedia que tiene magia y   cosa   romántica. La escribió Shakespeare.

LUZ: Chancleta?

JULIO CÉSAR: Shakesp - Olvídalo, hombe.

LUZ: Actúame algo.

JULIO CÉSAR: ¿Qué?

LUZ: ¡Enséñame algo! Yo nunca te he visto actuando.

JULIO CÉSAR: ¿Qué tú quiere que yo te actúe?

LUZ: Cualquier cosa, Julio César. Yo quiero ve por qué ese apuro tuyo de regresá.   Eséñame algo del hombre ese... como e' que se llama, Chupacabra?

JULIO CÉSAR: ¡Shakespeare! Y no te voy a enseña' na'.

LUZ: ¿Por qué?

JULIO CÉSAR: Porque no, mami. No e' así de fácil. Eso hay que calentase y preparase bien. Ahora mimo no tengo gana de 'tar en eso.

LUZ: Yo quisiera verte actuando. Ni siquiera e' vito tu commerciale o nada de tu cosa.

JULIO CÉSAR: Si me quiere ver en algo ven   y visítame.

LUZ: Actúame un chin de algo, hombre de Dio. Please.

JULIO CÉSAR: Okay.   Un chin nada más.
Pero te lo tengo que recitá en inglés.

LUZ: No importa.

JULIO CÉSAR: A ver...Te enseño un
poquito del Rey Enrique...

Julio César se para de la silla y hace unos
rápidos ejercicios vocales mientras Luz
observa.

LUZ: ¿Qué fue muchacho, se te 'tá
montando un santo?

JULIO CÉSAR: ¡Shh!

LUZ: 'Tá bien. So yo relajando.

JULIO CÉSAR: "Do not think so. You   shall   not
find it so.   And God forgive them that so much
have sway'd your   majesty's good thoughts away
from me. I will redeem all this on Percy's head,
and in the closing of some glorious day be bold to
tell you that I am your son, when I will wear a
garment all of blood, and stain   my favors   in
a bloody mask, which, wash'd   away,   shall
scour my shame with it. And I   will call him to
so strict account, that he   shall   render   every
glory up, yea, even the   slightest worship of his
time, or I will tear the reckoning from his heart.
This in the name of God I promise here."

Pausa.

JULIO CÉSAR (CONT'D): Mami.

LUZ: ¿Ah?

Luz rompe su trance y lo applaude.

LUZ (CONT'D): ¡Oh! ¡Bravo! ¡Bravo,

mijo!

JULIO CÉSAR: ¿Te gustó?

LUZ: Digo, yo no sé qué diablo fue lo que   tú
dijiste ahí. ¿Tú 'tá seguro que eso e'   ingle'?

JULIO CÉSAR: Claro.

LUZ: Bueno, de que lo hicite bien, lo hicite
bien.

JULIO CÉSAR: ¿De verda'?

LUZ: Maravilloso.

JULIO CÉSAR: No pensé que te iba a
gustar.

LUZ: Pue pensate mal... ¿Pero ven acá, tú   di
que no iba ser maestro?

JULIO CÉSAR: Ya empieza tú... Cambié   de
opinión.

LUZ: ¿Y de tanto lugare que hay te
quedate en Texas?

JULIO CÉSAR: Yo quisiera que tú me
fuera a visitá pa' que viera.

LUZ: ¿Ver qué?

JULIO CÉSAR: Mi vida allá.

LUZ: A lo mejor un día de eto. Quién
sabe...

JULIO CÉSAR: Por eso e' la cuetión que tengo que
irme. No puedo perder mi función.

LUZ: Dios mediante tú llega a tiempo.
Pero lo que no 'tá bien, mijo, e' que tú no

vaya al cementerio. Eso se va a ver mal.

JULIO CÉSAR: ¡Coño! Pue déjame vé en mi computadora entoce, a ve si cambio el jodío pasaje 'el diablo ese.

LUZ: ¿Termináte de comer?

JULIO CÉSAR: Ajá.

Luz comienza a limpiar la mesa mientras Julio César brega con su computadora portátil.

LUZ: Todito el clan Ortíz van a decir: "¡Qué grande y buen mozo tú etá! ¡Igualito a su padre!"

JULIO CÉSAR: Ajá.

LUZ: "¡Tú mamá sí que se botó criándote! Qué hombre!"

JULIO CÉSAR: Ajá.

LUZ: Y mira, si te preguntan que por qué tú no te ha casao, tú le dice que e' porque ha etao muy ocupado.

JULIO CÉSAR: ¿Y de dónde saca tú que ello me van a preguntá eso?

LUZ: Digo yo... tú sabe que a esa familia le encanta darle a la sinhueso.

JULIO CÉSAR: Eso no e' asunto de nadie. Mira, aquí dice que puedo cambiar el pasaje pero hay que pagar una diferencia de tre ciento cocó.

LUZ: Ei pipo, coño...

JULIO CÉSAR: Sí tú no puede, no te preocupe. Yo voy al funeral mañana y depué agarro mi avión.

LUZ: Págalo. Yo te doy la diferencia.

JULIO CÉSAR: ¿'Tá segura?

LUZ: Págalo y olvídate. Mira a ver también si encuentra una floritería por ahí pa' que le mande un ramo.

JULIO CÉSAR: Anda pal carajo mami pero yo me tengo que ir.

LUZ: Buca, hombe. Yo lo compro y tú se lo pone de tu parte.

JULIO CÉSAR: Yo se lo puedo comprá.

LUZ: No, señor. Yo lo hago.

JULIO CÉSAR: Ahora lo buco. 'Toy resolviendo lo del vuelo...

LUZ: Mandarle aunque sea un ramito de flore de tu parte. Pa' que depué no digan, verdá?

JULIO CÉSAR: Listo.

LUZ: ¿Entonce ahora te va cuándo, pasado mañana?

JULIO CÉSAR: Si.

LUZ: Por lo meno.

JULIO CÉSAR: ¿Tú quiere ir conmigo a la funeraria?

LUZ: ¡¿Yo?! Tengo que trabajá.

JULIO CÉSAR: Tú puede ir depué que salga del trabajo. E' solamente un día.

LUZ: Mejor no.

JULIO CÉSAR: ¿Y por qué?

LUZ: Porque no me parece.

JULIO CÉSAR: Tú tuvite tu historia con él   así que debería de ir.

LUZ: No.

JULIO CÉSAR: ¿Y si me preguntan por tí?

LUZ: Tú le dice que yo trabajo lo siete día a   la semana.

JULIO CÉSAR: Pero ello van a decí que tú pudite ir depué de trabajar.

LUZ: Dile que yo salgo tarde.

JULIO CÉSAR: A decí mentira.

LUZ: ¡Dile lo que quiera, Julio César, pero   yo no voy pa' 'llá! Búcale ahí el   ramo   de flore.

JULIO CÉSAR: Aquí hay como veinte mil floritería... Mira eta... no tiene página de internet pero tiene teléfono: *Santana Flowers*... 236 de la St. Nichola... Suena dominicana.

LUZ: Pue llama esa.

Luz le busca el teléfono y él marca.

JULIO CÉSAR: Si, buenas. Mire, yo quiero un arreglo de flore para el funeral de   mi papá.

LUZ: Dile que para mañana.

JULIO CÉSAR: Para mañana. ¿El nombre   de la funeraria? 'Perece un momentito...

LUZ: ¿Tú no te sabe el nombre de la funeraria? Niño pero-

JULIO CÉSAR: ¡Pásame el papelito ese   que   'tá encima del sofá! Ajá, se llama   "Funeraria Libertad." Sí, esa misma es.

LUZ: Dile que te den algo bonito pero barato.

JULIO CÉSAR: Bueno, algo que no esté muy caro. ¿Y cuánto cueta eso?

LUZ: ¿Pero algo bonito, oíte? Que no le vayan   a poner verdura ahí.

JULIO CÉSAR: ¿Cién dólare?

Mira a Luz y ella le indica que está de acuerdo.

LUZ: Y ponle una dedicación.

JULIO CÉSAR: 'Tá bien.

LUZ: ¡No se te olvide la dedicación!

JULIO CÉSAR: ¿La dedicación? Este... Bueno...

LUZ: Ponle de tu parte.

JULIO CÉSAR: Bueno...

LUZ: Pónsela de tu parte, hombre de Dios...

JULIO CÉSAR: ¡Mami, pero déjame
hablar! Mire-

LUZ: Con letra bonita...

JULIO CÉSAR: "Descansa en paz..."

LUZ: ¿Descansa en paz?

JULIO CÉSAR: No, mejor: "Que Dios te tenga
en..."

LUZ: "Con mucho amor y cariño.   Tu hijo
que te quiere, Julio César Nino Cruz."

JULIO CÉSAR: "Con mucho amor y
cariño. Tu hijo que te quiere, Julio César Nino
Cruz."

LUZ: ¿Cruz? Cruz no. Ponle el apellido   de
tu papá.

JULIO CÉSAR: ¿El qué? ¿Tú 'tá segura?

LUZ: Si.

JULIO CÉSAR: Este… borre el Cruz.
Póngale: "Tu hijo que te quiere, Julio
César Nino Ortíz." Ajá. Ya eso e' todo. Yo paso
por ahí ante de ir al funeral. Gracia. No vemo
mañana.

LUZ: 'Tá bonita la dedicación.

JULIO CÉSAR: Ajá.

LUZ: ¿Los otro le mandaron flore
también?

JULIO CÉSAR: Yo qué sé.

LUZ: Bueno, tú cumplite.

JULIO CÉSAR: ¿Pa' qué tú quisite que le pusiera el apellido de mi papá?

LUZ: Porque tú ere hijo de él.

JULIO CÉSAR: Pero tengo TU apellido.

LUZ: ¿Y?

JULIO CÉSAR :¿Cómo qué "y"? ¿Y to' el melodrama que me contate de cuando utede se dejaron? ¿Se te olvidó?

LUZ: Ningún melodrama. Tú sabe que yo lo dejé a él fue cuando me di cuenta que le 'taba oliéndo el fundillo a otra. A la Norma.

JULIO CÉSAR: Pue, eso mimo. Y depué él no te dejaba tranquila-

LUZ: 'Chacho, se me presentaba en el apartamento a darme insultá. Yo ni caso que le hacía. Pero fíjate la loquera del pai tuyo que ni siquiera cuando tú nacíte- bueno... Ay hombe, eso fue hace tanto tiempo. Ponle el apellido de él a esa cosa y ya..

JULIO CÉSAR: ¿Qué fue?

LUZ: Olvida ese asunto. Ya lo pasado pasado, como dice Jose Jose.

JULIO CÉSAR: ¿Pero qué fue lo que pasó, mami? Sigue hablando.

LUZ: Nada. Ya tú te sabe esa hitoria, hombe.

JULIO CÉSAR: A mi me da como que no.

LUZ: E' que... Mira, la hermana de él, tu tía Carmen, lo llamó, le dijo que viniera a firmá el acta de nacimiento y él fue que no quiso.

JULIO CÉSAR: ¿Cómo que no quiso?

LUZ: No quiso. No le dió la realizama
gana de firmá.

JULIO CÉSAR: Yo no sabía eso.

LUZ: ¿Ay muchacho, quién se acuerda?

JULIO CÉSAR: Será que te lo callate.

LUZ: E' que son tanta la vaina-

JULIO CÉSAR: ¿Y por qué él no quiso
firma' el acta?

LUZ: A pue. A saber. Cada loco con su tema.

JULIO CÉSAR: Yo pensaba que fuite tú la
que no lo dejo reconocerme.

LUZ: Bueno... Yo no. Si él no quería firmá yo
no lo iba a obligá.

JULIO CÉSAR: Entonce él nunca me
reconoció porque no quiso.

LUZ: ¡Allá él! Yo agarré mi muchacho, mi do'
mano y mi do' pata, y me fajé a trabajá en la
factoría del diache esa pa' darte ropa y comida.
Si él quería verte, que te viera. Si el quería
darte, que te diera. ¿Yo, pedirle algo? Sa! Cada
quien sabe lo que tiene que hacer. Asunto de él.

JULIO CÉSAR: Asunto na' ma' de él no.
Asunto mío. Y tuyo.

LUZ: ¿Cómo que mío?

JULIO CÉSAR: Yo pensando que fuite tú la

que no lo había dejado firma te lo repeté.
Coño, ata te lo admiré. Pero eso na' ma' e'
puro cuento. Tú lo que 'taba era
protegiéndolo.

LUZ: A él no.

JULIO CÉSAR: ¿Y ETONCE, A QUIÉN?

LUZ: Mira, Julio César, será mejor que
dejemo de 'tá hablando ple pla.

JULIO CÉSAR: Yo soy el que a cargado el
peso de no tener el apellido Ortiz. No me
importaba porque pa' mi valía to' el efuerzo
que tú hicite pa' sacame adelante. To' la
necesidade. To' la mierda. El saber que
fuite tú la que le dijo que no. Eso me hizo   el
peso un poquito má' liviano.

LUZ: ¿De qué peso e' que tú habla?

JULIO CÉSAR: ¡EL RECHAZO,   MUJER!
¿TÚ NO VE?!

LUZ: Ahí no hay nadie que se atreva a
decir que tú no ere hijo de Nino. Con o sin   el
dichoso apellido. Eso na' ma' hay que mirarte pa'
saberlo. Tú tiene la mima cara. El mimo porte.
Esa misma mirada. Cuanta vece me dijo él que
quería reconocerte-

JULIO CÉSAR: ¡PERO NO LO HIZO,
COÑAZO!

LUZ: 'Tá bien, pero-

JULIO CÉSAR: Lo que me tiraron encima
utede do'... un maldito peso...¡Coño! Lo cargo por
to' lo lao. Ahora me pesa más.

LUZ: ¿Tú quiere el apellido de él e'?

JULIO CÉSAR: ¡Yo lo que quiero e' no
sentime por mitad! ¡Medio cocinao!

LUZ: Ah pue.   Si te siente así eso e' asunto
tuyo. Má' de lo que yo hice por ti no se
puede pedir. Sinceramente. Ahora ya lo sabe.

JULIO CÉSAR: ¿Tú de verdad te
enamoráte de él?

LUZ: ¿Ah?

JULIO CÉSAR: ¿Lo quisíte de verdad?

LUZ: ¿Qué pregunta e' esa?

JULIO CÉSAR: ¿Lo quisíte?

LUZ: ¿Pa' que tú pregunta eso?

JULIO CÉSAR: ¡¿LO QUISÍTE O NO?!

LUZ: Claro que sí. Sí.

JULIO CÉSAR: Hm.

LUZ: A lo mejor si él hubiera sido una
persona con má' cabeza, meno
jodiendón... Por la boca muere el pez,
como dicen. Yo no sé cómo Norma lo
aguantó tanto tiempo.

JULIO CÉSAR: Hm.

LUZ: Ay Cristo... Déjame bucarte el
dinerito pa' la flore.

Luz entra al baño

LUZ (CONT'D): ¿A qué hora tú va' a
regresá de para allá?

JULIO CÉSAR: No sé.

Luz sale del baño.

LUZ: Mira, lo cien dólare. ¿Pa' que depué   no
digan, verdá?

JULIO CÉSAR: Um hm.

LUZ: Voy a cortále un pedacito de flan a
Sergio pa' que se lo lleve. Búcale una
fundita por ahi pa' echárselo

Julio César se para de la mesa para
marcharse.   Recoge su plato pero Luz se lo
quita de las manos. De momento una
imagen en la televisión le llama la atención.

LUZ (CONT'D): Pero ven aca... Pérate, déjame
subíle el volumen a eta vaina.

Julio César comienza a buscar entre el
tráfico de todas las cosas.

LUZ: Así tú no va a encontra' ninguna
funda. Yo te la buco ahora. Déjame vé
eto. Mira mira. Dique una balsa 'e pato que   se
quieren casar. Te digo a tí. En este   mundo se
ve cada horror, ¿verda Julio Cesar?

JULIO CÉSAR: Ajá.

LUZ: Ay tú.   Dique vitiéndose de mujer...
¿Pero tú ha visto? Jesú manífica ni ma
mea.

JULIO CÉSAR: Dame el flan que me
tengo que ir.

LUZ: Mira, mira, dique quieren tené hijo.

JULIO CÉSAR: Dame el flan...

LUZ: ¿De dónde se lo van a sacá, del culo?

JULIO CÉSAR: ¡QUITA ESO!

Julio César apaga el televisor.

LUZ: ¿Wha happiin?

JULIO CÉSAR: ¡Coño, que me tengo que   ir y
tú na' ma' hablando mierda!

LUZ: Ten cuidao como tú me habla, Julio
César.

JULIO CÉSAR: ¡BÚCAME LA   MALDITA
FUNDA! NO ENCUENTRO NA'! ¡BUCA QUE
BUCA Y NADA! ¡ME 'TOY   AFIXIANDO
CON TANTA PORQUERÍA EN ETE   LUGAR!
¡QUIERO   ENCONTRÁ   ALGO,
COÑAZO!

LUZ: ¿PERO QUÉ TE PASA A TÍ? ¿TE ENTRÓ
EL DIABLO E'?

JULIO CÉSAR: ¡SÍ, COÑO! ¡ME ENTRÓ   EL
DIABLO! ¡TO' LO DEMONIO LO   'TOY
CARGANDO ENCIMA! ¡UN MALDITO PESO
QUE CASI NO LO AGUANTO! ¡PAL INFIERNO
E' QUE VOY!

LUZ: ¿PERO Y QUÉ FUE?

JULIO CÉSAR: ¡'TOY JARTO DE TANTA
MIERDA!

Julio César lanza todo lo que está a su
alcance hacia el piso. Después corre hacia el
cuadro del Papa y lo toma en sus manos.

LUZ: ¡AYYY! ¡NO SE TE OCURRA,
DEGRACIAO, PORQUE ENTONCE SÍ VOY   A
COGER CÁRCEL CONTIGO!   ¡POR MI

MADRE QUE COJO CÁRCEL! ¡PONMELO PA'
'TRÁ!

Julio César lo piensa dos veces y regresa el
cuadro a su lugar   pero   lo   deja   torcido.
Continúa buscando de una manera
agresiva.

LUZ (CONT'D): ¿Qué lo que te 'tá
pasando a tí? ¡Habla!

JULIO CÉSAR: Me tengo que ir.

LUZ: Yo se que Nino era tu papá y lo 'ta sintiendo
pero-

JULIO CÉSAR: ¡Me voy!

LUZ: 'Pérate 'pérate. Yo te buco la funda.

Julio César se estaciona al lado de la puerta   en
silencio. Luz encuentra una funda entre   el
desorden y se la entrega.

LUZ (CONT'D): Toma... Bueno, te voy a hacer   el
sancochito mañana. Le voy a decí a tu tía pa' que
pase por aquí. 'Tá   loquita por verte. No vemo
má' tarde, mijo…

Julio Cesar no responde

LUZ: Ey, mira. Dió te bendiga.

Julio César se marcha.

Pausa.

Luz va hacia el cuadro del Papa, lo
endereza y se precina tres veces. Se sienta en   la
mesa y comienza a cantar en voz baja   mirando
hacia la puerta:

LUZ (CONT'D): *"Pa pa pa pa pa, las rosas desojadas..."*

¿Cómo e' que va la canción?

Hay que revivir, las rosas desojadas.   Quiéreme otra vez, pa pa pa pa pa. Piensa que te adoro. La ra ri ra ra ra. Pa pa pa pa vuélveme a   querer mucho más que ayer.

Luz desprende un fuerte suspiro.

Luces.

FIN DE PRIMER ACTO

SEGUNDO ACTO

Al día siguiente en la noche. Se escucha el televisor y a una mujer cantando la canción "Se me olvidó otra vez", de Juan gabriel, a todo volumen.

DIVINA:

Probablemente ya
De mí te haz olvidado
Y mientras tanto yo
Te seguiré esperando

Luces.

Vemos a Luz cocinando un sancocho Dominicano. Está cocinando de manera nerviosa y agresiva. Sentada en la mesa está DIVINA, hermana un poco mayor que Luz, vestida en un estilo bohemio con un pañuelo amarrado en el cuello.

DIVINA:
No me he querido ir
Para ver si algún día
Que tú quieras volver
Me encuentres todavía-

Luz la interrumpe y canta sola en voz baja mientras cocina. Divina observa.

LUZ:
Por eso aún estoy
En el lugar de siempre
En la misma ciudad
Y con la misma gente-

DIVINA: Mira… ven aca, hame el favor…¡CANTA PA' QUE SE OIGA, COÑO!

Para que tú al volver
No encuentres nada extraño
Y seas como ayer
Y nunca más dejarnos

LUZ Y DIVINA:
Probablemente estoy
Pidiendo demasiado
Se me olvidaba que
Ya habíamos terminado
Que nunca volverás
Que nunca me quisiste
Se me olvidó otra vez
Que sólo yo te quise

DIVINA: Degraciao que son to'…

Divina pega un grito estilo mariachi.

DIVINA (CONT'D): ¡AHUA! ¡PA' QUE TE LO META DONDE NO TE CABE, CARAY!

LUZ: Bájale el volumen, Divina…

DIVINA: ¡COÑAZO! ¡'TÁ BELLO EL CONCIERTO! Ese Juan Gabriel se la bota!

Luz le baja el volumen al televisor.

LUZ: Esa fue la canción quel pai de Julio César me puso en un tape.

DIVINA: ¿O sí? ¿Y cuándo?

LUZ: Un día que Julio César andaba pa' allá y él se

grabo cantando. De depechao, parece.

DIVINA: ¡¿Una dedicación indirecta?! Como dice la canción: *Buchipluma na' má' eso ere tú, buchipluma na' má'. Buchipluma na' má' eso ere tú, buchipluma na' má'.* Ay mi amor!

LUZ: Me lo dice. De pariguayo na' má'. 'Tá pasao, Nino.

DIVINA: Estaba pasao, mija. Porque ya él... Tú sabe...

LUZ: Verdad que sí.

DIVINA: ¡Ay, fo! ¿No te da como un vajo a fuiche? ¡Ya empezaron eso mardito chino del diablo a freí su pecao.

LUZ: No te preocupe mijita que ahorita el sancocho mata ese vajo.

DIVINA: Mira, y cómo le fue ayer a mi niño visitando a los hermano?

LUZ: ¿Cómo que a tu niño?

DIVINA: Ay si mujer, ya, 'tá bien. Al hijo tuyo. A Julio César.

LUZ: No sé. Él llegó tarde y éta mañana yo me fuí a trabajá.

DIVINA: Y tu loquita que llegue pa' que te cuente to' lo del funeral.

LUZ: ¿Qué lo que tu 'ta hablando?

DIVINA: Yo te veo nerviosa.

LUZ: Yo no 'toy ningún nerviosa.

DIVINA: ¿Tú no va' ir pa' la funeraria?

LUZ: Mira muchacha. ¿A qué?

DIVINA: ¿Y la Norma? ¿Tú cree que fue?

LUZ: A saber.

DIVINA: Eso do' 'tan loco de remate. Al principio el Nino no se cansaba de decir que ella era una mujer "fisnas".

LUZ: Me lo dice: "¡Es que mi mujer sabe inglés! ¡Esa sí es una mujer educada!" Siempre andaba con el culo cagao y el rabo alzao.

DIVINA: Y depué que se divorciaron na' má' hablaba peste de ella. Si la mierda fuera pelo, qué afro tuviera en esa boca.

Divina prueba el sancocho

DIVINA (CONT'D): Mmm, la semilla, ese sancochito 'tá por la maceta. Si mi cabezón no llega pronto, nosotra le entramo. ¿Cuándo que él se va, mañana?

LUZ: Ajá.

DIVINA: ¿Y cómo le fue a utede ayer?

LUZ: ¿Cómo nos fue de qué?

DIVINA: Digo, depue' de tanto tiempo sin verse.

LUZ: Ahí, más o meno. Él dale que dale con en esa cuetión del teatro. Yo pensaba que el iba a ser maetro.

DIVINA: Él me dice que le va bien.

LUZ: Él te dice a ti mucha cosa. A mi no me dice ni pío.

DIVINA: Eso e' lo que a él le guta y no hay quien se lo quíte. Así mismito era mi Albertico con esa vaina de militare.

LUZ: No sé... Yo como que noto a Julio César un poco raro.

DIVINA: ¿O sí?

LUZ: ¿Él no te ha dicho nada?

DIVINA: ¿De qué?

LUZ: ¿Si tiene novia... O algo?

DIVINA: Eso pregúntaselo a él, mijita, no a mi.

LUZ: Él e' un hombre ya. Tiene que casarse pronto.

DIVINA: ¿Bueno pero si él no se quiere casar qué se puede hacer?

LUZ: Yo no quiero llegar a vieja sin nieto.

DIVINA: Pero no e' lo que tú quiere. E' lo que él quiere.

LUZ: ¿Y qué e' lo que él quiere?

DIVINA: Ah no no no. A mi no me metan en ese

jodío mangú, que esa vaina e' entre utede do.

LUZ: No y que depue' se me zafó algo ahí.

DIVINA: Qué se te zafó?

LUZ: Ay hombe… Olvídalo.

DIVINA: ¿Pero y qué fue?

LUZ: Nada. E' que aún depue' de muerto la mierda de Nino sigue rondando.

DIVINA: Oh... Eso… Por cierto, en eto día arranco pa' Santo Domingo.

LUZ: ¿A qué tu va pa' ese lugar?

DIVINA: ¿Cómo qué a qué? Ya se aproxima el cumpleaño.

LUZ: Verdá que sí. ¿Cuánto año e' que va cumplí?

DIVINA: Adió, 'Tico ya va a tené veinte y pico largo de muerto.

LUZ: Ei culo e' la vieja. Como pasa el tiempo.

DIVINA: Pa' mí no ha pasao ningún tiempo, Luz.

LUZ: Yo sé.

DIVINA: ¿Tú quiere ir conmigo?

LUZ: Hazme el favor. ¿Tú te va a quedar con Franklin e'?

DIVINA: ¿Pue claro, dónde má'?

LUZ: ¿Cómo 'tá él?

DIVINA: Ahí en su Juan Lope', como siempre. Tú debería llamarlo.

LUZ: Ése hombre con ese dichoso campo no come cuento.

DIVINA: A Franklin le encanta un platanal y un conuco.

LUZ: Esa familia de nosotra si son epeciale porque la verdá e' que yo salí corriendo de ahí. Quién aguanta tanta peste.

DIVINA: Pero mira a eta. Ahí fue que tú nacite, mujer. Y te criate hata que te fuite pa' la capital conmigo.

LUZ: Y a buena hora.

DIVINA: Yo no sé cuál e' tu asunto con el campo. Tiene su encanto, su colorcito, su humildad.

LUZ: Su mieldad, será. Ese lugar 'tá atrasao. En esa cueva la gente na' má' camina pa' 'trá como lo cangrejo.

DIVINA: Según tú porque lo que es a mi, me fascina mi país. ¿Qué más que sentarte bajo una mata de palma en boca chica tomándote una cervezuana buena fría? Ay, mi amor!

LUZ: Según yo no. E' así. Uno aterriza y desde que sale de ese avión se le pega ese calor a uno, esa humedad...

DIVINA: Y ante cuando uno salía del avión siempre

había un grupo tocando perico ripiao, ¿te acuerda?

LUZ: Y esa peste. Peste como a lodo. Como a carne quemándose...

DIVINA: Y en el aeropuerto to' esa familia llorando porque tenían tanto tiempo sin verse-

LUZ: Y depue' te chequean la maleta y quieren que le dé algo de dinero pa' dejarte pasar...

DIVINA: Y eso militare. Tan bello. Ahí parao con su macana recibiendo a uno-

LUZ: Y eso mardito carro a pura carrera. Se llevan a uno...

DIVINA: La habichuela con dulce.

LUZ: Lo apagone.

DIVINA: El casabe.

LUZ: El agua de pozo.

DIVINA: La friturita...

LUZ: Ese lugar me afixia. No hay como aire pa' mi ahí.

DIVINA: E' que tú te fuite muchachita de allá. Nunca te ha' dado un jodío chance pa' ver la belleza del país. Ven conmigo.

LUZ: No hombe. Tengo que trabajar.

DIVINA: Coño. Terca como una mula. Allá tú... Luz, pero ese retrato de 'Tico 'tá torcío.

LUZ: ¿Cómo que torcío? Ah sí, e' que a vece lo chino que viven al lao empiezan a brincá y mueven todo. Yo lo arreglo ahora.

DIVINA: Deja, que yo lo hago.

LUZ: Siéntate mujer, que yo lo arreglo en un momento.

DIVINA: Déjame, yo lo enderezo. Dame un pañito pa' limparle el polvo. Mira eso... Un pollo ese hijo mío. Con su traje de militar. Su medalla. La bandera en el fondo: Dios, patria, libertad. Se parece tanto a Julio César.

LUZ: Yo no le veo el parecido. Pa' mi a quién má' se parece Julio César e' al pai.

DIVINA: Ahora sí, coño. Limpio y derecho.

LUZ: ¿Quiére una copita de cidra o un vinito?

DIVINA: Que cidra ni que ocho cuarto. ¡Dame una cerveza, coñazo!

LUZ: ¿De cuál comprate, de la Presidente?

DIVINA: ¡Pue claro! ¿De cual má? Aunque dicen dique que la Presidente de aquí no sabe a la de allá pero mentira, hombe. Son to' la mima vaina.

LUZ: Toma la cerveza.

DIVINA: A ver si me doy un jumo. ¡Qué se me suban lo epíritu!

LUZ: Ya a eta altura de juego no se le sube a uno na', hombe.

DIVINA: Me lo dice. Hata la crica se le cae a uno.

Las dos se ríen.

LUZ: ¡Persiguiendo la teta!

DIVINA: ¡Eso si e' verdad!

LUZ: ¿Te acuerda la obsesión que tenía Julio César con la teta de Iris Chacón?

DIVINA: Ay ay ay ay…

LUZ: Afixiao, mija. Cada ve que ese muchacho miraba a esa mujer en la televisión, de una ve era: "¡Mami, mami, mira que teta má grande tiene esa mujer!"

Las dos se mueren de la risa.

DIVINA: Que muchacho ese, dios mío.

LUZ: Y míralo ahora...

DIVINA: Todo un hombrón. Por fin vino a verte.

LUZ: Él no vino por mi.

Pausa

DIVINA: Mira, y ya tú le dijite sobre el Freddy?

LUZ: No hombe. Digo, el sabe de Freddy-

Divina: Pero no sabe la cuetión. Tú debería decírcelo.

LUZ: ¿Pa' qué? Eso no e' na'.

DIVINA: ¿Cómo qué no e' na'? ¿Freddy no dice que te quiere mucho?

LUZ: Ese no se cansa to' el tiempo de 'tá hablando churria. ¿A metéme yo en ese afán? ¡Sa! Uno 'tá muy viejo pa' can.

DIVINA: Pero aunque sea dale un chancecito, mujer. Acuérdate que tú 'tá sola. Porque Julio César tiene su vida por otra parte.

LUZ: Como quién dice sola e' 'tado yo siempre. Yo a Freddy le tengo cariño pero de ahí a casáme...

DIVINA: E' que tú nunca te ha casado, Luz. Siempre e' un tira que jala y un jala que enoge. ¿Y qué e' lo tuyo, mujer? ¿E' que a tí no te dan ganas?

LUZ: ¿Gana de qué?

DIVINA: Gana, mujer... ¡La picazón!

LUZ: ¿De qué picazón 'tá hablando tú?

DIVINA: ¿E' que a ti no te dan gana de meterle leña al fogón, niña?

LUZ: ¿El qué?

DIVINA: ¡La cama, COÑAZO! ¡El asunto! Porque hace siglo que tú... Digo, al meno que tú y el Freddy...

Luz sonríe.

DIVINA: 'Pérate. No joda. ¡No me diga que ya te picó la avipa!

LUZ: Tú sí habla pendejá.

DIVINA: ¡Por fin se abrieron los mares de Moisés!

LUZ: Déjate de vaina, Divina.

DIVINA: ¿Ju likey o no likey?

Luz sonríe aún más.

DIVINA (CONT'D): ¡AJÁ!   ¡Dímelo   tigresa!
¡Cuéntamelo to'! Hata el padre nuestro.

LUZ: ¡Qué no!

DIVINA: ¿Ya tú lo 'tá llamando "papi"?

LUZ: ¿Qué?

DIVINA: Porque si ya tú lo llama papi, eso quiere
decir que-

LUZ: Pero qué lo que tú 'tá-

DIVINA: ¡Ay papi, ay papi, ay papi!

LUZ: ¡Deja el can, Divina! Nadie me va a dictá la
vida. Él si quiere seguir en el asunto pue seguímo
pero nada de lo demás.

DIVINA: Ay, ojalá yo mija. Con to' lo buchipluma
que se me pegan a mi. Tú los muele to' y no saca ni
uno. 'Tan to' podrío.

LUZ: Pero tú 'tá cómoda. Nadie te 'tá jodiendo la
existencia.

DIVINA: Ojala yo que me jodieran la existencia. Uno encerráo to' el tiempo entre cuatro parede... ¿Y e' fácil? ¡Ñeca e'! Por eso e' que yo me degaríto por ahí a bailá o andá en la chercha. O me voy pal salón de Lola a cortá una cuanta cabezita. Cualquier vaina pa' ditraer la mente.

Se escucha la puerta abriendo.

LUZ: Ahí llegó Julio César.

DIVINA: ¡MI NIÑO!

JULIO CÉSAR: ¡Coño! ¡Jodío quinto piso, ese! 'Scion tía.

DIVINA: ¡Dio me lo bendiga, mi cabezón! ¡Cuánto tiempo, muchacho!

JULIO CÉSAR: ¿Y qué se cuenta? ¿En qué 'tán utede?

DIVINA: Aquí tomándome una Presidente y lista para darno una jartura de sancocho.

JULIO CÉSAR: ¡Ah, pero utede tán cómo lo generale!

DIVINA: Tú sí 'tá grande, Dios mío. Que alegría de verte.

JULIO CÉSAR: Igual, tía.

DIVINA: ¿Pero y qué vagabundería e' esa de pasá tanto tiempo sin visitá?

LUZ: ¿Cómo te fue, mijo?

JULIO CÉSAR: Tú sabe, funeraria al fin. Mañana hay

que volver con el mismo traqueteo. Depué me puedo ir.

DIVINA: ¿Y por qué te va tan pronto?

JULIO CÉSAR: Tengo que trabaja'.

LUZ: ¿Había mucha gente?

JULIO CÉSAR: Al reventar 'taba el lugar. ¡Mami, pero eto 'tá prendío en calor!

LUZ: Deja prender el airecito. Como 'taba cocinando lo tenía apagado.

DIVINA: Pero tú sí tiene el cabello bonito. ¿Quién te lo 'tá cortando ahora?

JULIO CÉSAR: Una señora allá en Dallas.

DIVINA: Ay tú, Luz, pero mira. El caco igualito al del difunto, Albertico. ¿Cuánto tiempo que yo no te lo corto?

JULIO CÉSAR: Siglo.

LUZ: ¿Quién 'taba en el funeral?

JULIO CÉSAR: Todo el mundo. Déjame yo ir al baño un momentito. ¿Utede no han comido?

DIVINA: 'Tábamo eperando por nuestra etrella de Hollywood.

JULIO CÉSAR: Oye, dique etrella de Hollywood.

DIVINA: ¡Oh oh! ¿Qué tú cree? ¡Apúrate y hate millonario pa' que no retire a tu mai y a eta que 'tá aquí!

JULIO CÉSAR: Siéntense a esperar.

DIVINA: ¿Quiére una Presidente?

JULIO CÉSAR: Diablo, hace tiempo que no me tomo una Presidente.

DIVINA: Pue agárrate una depué que salga del baño.

Julio César se marcha al baño

DIVINA (CONT'D): ¿Te ayudo a servir la comida?

LUZ: Siéntate y difruta tu cervecita…

DIVINA: Yo te ayudo-

LUZ: ¡Qué no! Deja. Yo lo hago.

DIVINA: ¡Okay! Tranquila. Eta mujer e' una vaina.

JULIO CÉSAR (Desde el baño): ¿Ven acá, mami, pero qué lo que le pasa a ete sanitario que no baja?

LUZ: Eso e' que a vece se tapa. Toile viejo al fin. Agarra la pompa y dale un jalón.

JULIO CÉSAR: ¿Qué pompa?

LUZ: La que 'tá ahí al lado del beureux.

JULIO CÉSAR: ¿Beureux? ¿De qué tú 'tá hablando?

LUZ: ¡El beureux, Julio César! ¡Donde 'tá la ropa y el pote de Jean'nate!

JULIO CÉSAR: Ahh. Tú quiere decir el armario.

LUZ: Pue eso mimo, el beureux. Dale un jalón y el baja.

JULIO CÉSAR: Sí, ya.

Julio César sale del baño.

JULIO CÉSAR (CONT'D): ¿Y eso velone en la bañera? Qué e' eso?

DIVINA: Una velitas que le traje a tu madre para atraer la suerte. La piña 'tá agria, mijito.

JULIO CÉSAR: ¿Y etonce mami, el cuadro ese que tú tiene del Papa?

LUZ: ¿Qué pasó con el cuadro?

JULIO CÉSAR: ¿Si tú dice que tú ere católica pa' qué le 'tá prendiendo vela a santo?

DIVINA: Son costumbre de uno, Julio César.

JULIO CÉSAR: En una mano la Biblia y en la otra una cerveza, como quien dice.

LUZ: Siéntate a comerte el sancochito en paz.

JULIO CÉSAR: Es una simple observación.

LUZ: Pue observa en silencio.

JULIO CÉSAR: ¿Y si no me da la gana?

DIVINA: ¡Ey¡ ¡Mira lo que tan dando, mi cabezón! Un concierto de Juan Gabriel. Tu papá con ese hombre no comía cuento.

JULIO CÉSAR: Verda' que si... Mami, pero ete

sancocho na' má' e' puro hueso!

DIVINA: ¡Muchacho, eso huesito e' lo mejor! Pásalo pa' ca', ven...

LUZ: ...Lo fine de semana se servía su Barceló con hielo en el jodío vasito verde ese. Prendía su cigarrillo y a poner to' esa música de despecho: Juan Gabriel, Yolandita Monge, La Lupe...

DIVINA (Canta): *Según tu punto de vista. Yo soy la mala...*

JULIO CÉSAR (Canta): *Vampiresa en tu novela...*

DIVINA: ¿Ahh, te la sabe eh?

JULIO CÉSAR (Canta): *La gran tirana, AYYY!*

DIVINA: ¡YI YI YI! Loca 'el diablo, esa. Eso sí eran artista. No la mierda que hay ahora.

LUZ: Todo era diferente. La música, el cine, la telenovela...

JULIO CÉSAR: ¿Tú sabe quién yo supe que murió? Hilda Carrero.

DIVINA: ¡¿Hilda Carrero murió?!

JULIO CÉSAR: Hace tiempo, fíjate.

LUZ: Ay Jesu. A mí me encantaba ver a esa mujer en novela.

JULIO CÉSAR: Siempre era ella y Eduardo Serrano: Las amazonas, Querida mamá, El sol sale para todos...

LUZ: Uuuy sí. Esa novela de ante eran un palo. "La indomable", "La fiera", "Lo rico también lloran..."

DIVINA: ¡Ay, Lo rico también lloran! Te acuerda cuando empezaba la novela que ella le daba un giro a la cabeza hacia la cámara bien rápido? ¿Con esa expresión en la cara como si alguien le hubiese metido algo por el culo? Así mira-

Divina le da un giro a su cabeza bien dramático.

LUZ: Y depue' la cancioncita esa. ¿Cómo era que iba?

DIVINA (Canta): *Aprendí a llorar. Aprendí a llorar...*

TODOS JUNTOS: *¡Pero no aprendí a olvidarte!*

Los tres se ríen.

LUZ: ¿Te acuerda, Julio Cesar, cuando nosotro no sentábamo a ver novela de noche?

JULIO CÉSAR: Teníamo que ir abajo donde Panchita pa' verla porque no teníamo televisión.

LUZ: E' que no había cuarto pa' comprá eso.

JULIO CÉSAR: E' ma', no teníamo ni televisión ni teléfono. Na' má' un radio.

LUZ: Ese radito sí dió lata, caramba. Todavía lo tengo por ahí guardao.

JULIO CÉSAR: Cuando entraba una llamada pa' nosotro, Panchita golpeaba en el techo con la ecoba...

Julio le da golpes al suelo.

JULIO CÉSAR (CONT'D): ¡Esa era la señal.

DIVINA: Ah sí. El jodío pum-pum ese.

LUZ (Pega en el suelo): O me 'taban llamando o la novela iba a empeza'. Y a tí te fascinaba comer donde Panchita. No quería comer la comida que yo hacía dique porque Panchita cocinaba mejor.

JULIO CÉSAR: Adió, el bisté con totone.

LUZ: Siempre era bisté con totone, bisté con totone. "¿Julio César, qué tú quiere cenar?" "¿Yo? ¡ Bisté con totone!"

JULIO CÉSAR: ¿Cómo era que Panchita me llamaba?

LUZ: "¡El gran TOTÓN!"

Todos se ríen.

JULIO CÉSAR: Toda la noche a tal hora era... (Pega en el suelo)

LUZ: Ya deja que depué se quejan lo chino...

JULIO CÉSAR: Ese era el pum-pum pa' avisar que la telenovela iba a empezá. Depué nos veníamos para la casa, tú apagaba la luz, prendía el radio, nos acotábamo y te fumaba tu cigarrillo. En la obscuridad yo me quedaba escuchando el programa que 'taban presentando en la radio WADO y perseguía la luz que daba tu cigarrillo mientra te lo fumaba; Pa'rriba y pa'bajo. Como una montaña rusa. Un puntito alumbrando la noche. Hata que me quedaba dormido.

LUZ: Parece que fue ayer.

Divina apaga el televisor

DIVINA: ¡Coño, pero vamo a poné aunque sea una musiquita ahí, pa' animá los espíritu!

LUZ: Él acaba de vení del funeral de su papá, Divina.

DIVINA: ¿Y eso qué tiene que ve'? A Nino le encantaba la música.

LUZ: Hay que guardar luto.

DIVINA: 'Toy jarta de guardar luto, Luz. ¡Vamo a difrutá, carajo! ¡Nuetro cabezón 'tá en casa!

JULIO CÉSAR: ¿Y ese paño, tía?

DIVINA: Ah! Tu tía 'tá má' crackia' que un reloj de a peso. Eso e' que 'taba limpiando la foto de Albertico y se me olvidó devolvérselo a tu madre.

JULIO CÉSAR: ¿Cuánto año era que tenía 'Tico ahí?

DIVINA: Adio, Tico tenía ahí veinte tre. Utede se parecen tanto… Déjame yo agarra' otra cervezita.

JULIO CÉSAR: Yo te la buco.

DIVINA: Agárrate una pa' tí también.

JULIO CÉSAR: ¿Pero qué fue lo que pasó? ¿Porque no dique él duró un tiempo vivo?

DIVINA: Yo ni sé, mijo. Cuando lo encontraron él era el que 'taba meno decompuesto, ¿tú vé? E' que ese avión se etralló en Constanza. Eso e' un sitio pa' allá pa' casa 'el carajo. Lleno de montaña y vaina. Parece que había mucha neblina y no se dieron cuenta que iban a chocar. Milagro fue que encontraron lo cuerpo. Bello ese hijo mío. Igualito a ti...

JULIO CÉSAR: Tío Elpidio 'taba en el funeral de papi.

DIVINA: Ese buchipluma ni me lo mencione, coño. Hata la hambre se me quita cuando me hablan de ese hombrecito.

JULIO CÉSAR: Cuando lo ví yo dije: "¡EL DIABLO, UN FANTASMA!"

DIVINA: Muerto en vida será.

JULIO CÉSAR: Él preguntó por tí.

DIVINA: Que pregunte por el culo de él. Malnacío, sucio, ratrero.

LUZ: ¿Y cómo supo él de la muerte del pai tuyo?

JULIO CÉSAR: Tú sabe que ello se mantenían en contacto.

DIVINA: Adio, tal para cual. ¡Uña y mugre!

LUZ: ¿El ramo de flore se lo pusieron en la funeraria?

JULIO CÉSAR: Ajá... Mi papá siempre me decía que tío Elpidio no dejaba de hablar de tí.

DIVINA: Que hable to' lo que le dé la gana. Ese aqueroso.

LUZ: ¿Y 'taba bonito el ramo?

JULIO CÉSAR: Sí, mami 'taba bonito... Él le decía a mi papá que fuíte tú la que lo abandonate.

DIVINA: Haciéndoce el pendejo. Ese su mejor papel.

LUZ: ¿Y qué le pusieron al ramo?

JULIO CÉSAR: "Descanse en paz. Tu hijo que te quiere..." Yo casi no hablé con él. Había tanta gente.

LUZ: ¿Le pusieron tu nombre?

JULIO CÉSAR: Sí, mami... Tío Elpidio se ve igualito.

DIVINA: Claro. Eterno. Como la cucaracha.

LUZ: ¿Pero le pusieron el apellido de él, verdá?

JULIO CÉSAR: ¡Qué sí! ¿Y qué fue lo que hizo tío?

DIVINA: Pa' qué hablar de eso ahora, mijo. Ponte un poquito de música ahí y difruta tu sancochito.

JULIO CÉSAR: ¿Ahora 'tá tú como mami?

DIVINA: ¿Y por qué tú dice eso?

JULIO CÉSAR: Él e' otro que cuando yo 'taba chiquito se desapareció del mapa de un día pa' otro sin decí nada. Cada ve' que te pregunto tú te queda callá. Yo quiero saber.

LUZ: Ya yo te dije lo que pasó, Julio César.

JULIO CÉSAR: Pero tú cuenta la cosa muy diferente.

DIVINA: Ay mi cabezón, yo sé que cuando tú 'taba en

Santo Domingo con nosotro Elpidio era como un pai pa' ti pero ya eso-

JULIO CÉSAR: Por eso mimo e' que quiero saber.

DIVINA: El hombre se volvió una mierda y ya. ¡Se finí!

JULIO CÉSAR: ¿Pero qué fue lo que hizo, tía?

LUZ: Julio César-

JULIO CÉSAR: Déjala que hable.

DIVINA: Mira, en el asunto del entierro de 'Tico fui yo misma que tuve que 'tá encima de todo para que no faltara nada. Sea vela, sea comida, sea lo del cementerio... hata lo foforito. Todo YO. Depue' me vine pa' 'cá un tiempo y el muy freco se aprovechó que yo no 'taba, cerró to' la cuenta de banco y se cogió todo. Fíjate qué hombre, tu tío. El muy hijo de puta parece que le entró... ¡¿bueno, yo no sé qué fue lo que le entró?!

JULIO CÉSAR: ¿O sea que te dejó pelá?

DIVINA: No pero eperate. Depué el muy mariconazo no me quería firmá el divorcio. ¿Tú ha visto? Eso fue mucho abogado y mucho revolú pa' resolvé ese asunto. Ahora no se cansa el de brindarle el cuento de víctima a quien se lo trage. ¡Pero pal carajo, coño! ¡Pásame otra cervecita que esa vaina 'tá caliente!

LUZ: Aquí llamó él muchísima vece. Dique: "Ay Luz, pero dile a Divina que hasta Jesu Cristo perdonó."

DIVINA: ¡Yo no soy ningún Jesu Cristo! ¡Cara e' maco, degraciao, boca e' ripio!

LUZ: Dique: "Todos cometemos errore y no arrepentimo..."

DIVINA: Ese cara e' sica, come mierda, asaroso.

JULIO CÉSAR: Segurito que si yo le pregunto él me cuenta otra historia.

DIVINA: ¿Cómo que otra hitoria?

JULIO CÉSAR: Bueno, cada quien cuenta lo que le conviene. ¿No e' verdad mami?

LUZ: ¿Y qué me quiere decí tú a mi con eso?

DIVINA: Mira, muchachito. Mírame bien. Eta e' tu tía que 'te 'tá hablando. Yo no soy ninguna jabladora.

JULIO CÉSAR: Él se volvió a casar.

DIVINA: ¡¿A casar?!

JULIO CÉSAR: Ajá.

DIVINA: ¿Y con quién?

JULIO CÉSAR: Creo que con una Puertorriqueña.

DIVINA: ¿Y qué mujer e' esa?

JULIO CÉSAR: Yo no sé. Ella no 'taba ahí.

DIVINA: ¿Y cuándo fue que se casó?

JULIO CÉSAR: No me dijo.

DIVINA: Pues me alegro por él. Amén. ¡In nomine patris, coño! A otra que le aguante su vagabundería.

JULIO CÉSAR: Eso sí, que desde que me vió de una ve me preguntó que cómo tú estaba... Dique "Mándale saludo de mi parte a ese mujeron."

DIVINA: ¡Pero e' verdá que ese hombrecito si tiene cojone! Así que casado con una Puertorriqueña... ¡buchipluma na' má! Mira, déjame yo poné un poquito de música a ver si se me quita este sabor a mierda.

LUZ: Y tú dale con esa música.

DIVINA: Ven acá, Julio César, que yo no sé manejar eta jodía máquina del diablo. Ponte un merenguito ahí.

LUZ: ¿Y tu papá se veía bien?

JULIO CÉSAR: Ay mami, nadie se ve bien en una caja. ¿Qué dico quiere que te ponga, tía? ¿O mejor te pongo mi iPod?

DIVINA: ¿El qué?

LUZ: ¿Pero lo maquillaron bien?

JULIO CÉSAR: Un iPod.

DIVINA: ¿Y qué tieto e' ese?

JULIO CÉSAR: ¿Diablo, tú no sabe lo que e' un iPod? Eso e' una maquinita electrónica que guarda muchísima cancione. Yo la conecto a mi computadora y no hay que bregar con tocadico.

DIVINA: Yo no quiero ningún jodío pipí.

JULIO CÉSAR: ¡iPod!

DIVINA: ¡Ponme un disco, coño, un disco!

LUZ: ¿Qué si lo maquillaron bien?

JULIO CÉSAR: ¡Sí! ¿Qué dico quiere que te ponga?

DIVINA: Buca, hombre. Ahí tiene que habé un merenguito.

JULIO CÉSAR: Pero aquí si hay dico viejo... ¿Leo Dan?

DIVINA (Canta): *¡Ay amor divino!*

JULIO CÉSAR Y DIVINA: *Pronto tienes que volver a mí...*

JULIO CÉSAR: ¿Qué e' esto? ¿Johnny Ventura?

DIVINA (Canta): ¡Ay mi amor! *Patacón pisao, pisao. Mi patacón pisao, pisao...*

JULIO CÉSAR: ¡Ahh sí! A mami le encantaba ese dico... ¿Y quién e' ete? ¿Dique Luis Segura?

DIVINA: ¿Niño pero tú no sabe quién e' Luis Segura? ¡Eso e' un sacrilegio! (Canta) *Pena! Es lo que siento en mi alma...*

JULIO CÉSAR: Ah, si.

DIVINA (CANTA): *Quiera Dios, que encuentre un hombre en tu vida...*

JULIO CÉSAR Y DIVINA: *Que te de todo el cariño, que quizás yo no te di.*

DIVINA: ¡ESO SÍ E' UN CUERO DE CANCIÓN!

JULIO CÉSAR: Aquí está Fernandito Villalona, Fefita La Grande-

DIVINA: Ei pipo 'e Jela!

JULIO CÉSAR: ...El desabrío de Julio Iglesia...

LUZ: ¡Ey ey! Julio Iglesia no e' ningún desabrío.

DIVINA: ¡Ese papi e' mi novio! Lo que pasa e' que él no lo sabe todavía. Julio Iglesia e' un príncipe.

JULIO CÉSAR: Será pa' lo que gutan la anestesia local. Ese hombre pone dormí hata lo elefante.

LUZ: Oye al otro

JULIO CÉSAR: Ah, mira tía: "Cuco Valoy Y Los Virtuosos." ¿Te lo pongo?

DIVINA: ¡Ponlo pa' move la nalga!

JULIO CÉSAR : A ver...

Julio César pone el disco.

JULIO CÉSAR (CONT'D): Yo me acuerdo de eta canción. "El Muerto."
(Canta) *¡Ay Pedro! ¡Ay caramba! ¡Mi chochueca! ¡Mi caramelo!*

DIVINA: Ven pa' que bailemo.

LUZ: ¿Ajá pero utede no piensan terminar el sancocho?

Comienzan A bailar

DIVINA: ¡Pero mira a mi niño bailando, Luz!

JULIO CÉSAR: ¿Adió, qué tú cree? Yo soy un tigre.

LUZ: Baja esa música.

JULIO CÉSAR: Ay, mami, déjano quieto.

Julio César canta con el disco por unos momentos.

DIVINA: Pérate, déjame quitáme lo zapato... Y eta jodía faja del pipo que me tiene loca. Ahora sí. Dale.

Los dos comienzan a bailar el merengue bien rápido. Julio César también jala a Luz a bailar. Al principio se niega pero Divina la empuja. Luz comienza a bailar y a reírse mientras Divina los anima.

DIVINA (CONT'D): ¡WEPA! ¡Ey ey ey ey!

Divina quita los platos y se encarama en la mesa.

LUZ: ¡Cuidao con la comida!

Julio César le da varias vueltas a Luz.

JULIO CÉSAR: ¡Pa' que se te quite la cuaja!

DIVINA: Vamo a arreglate un poquito...

Divina se quita el pañuelo del cuello y lo amarra en el de Luz. Despúes le suelta el cabello.

LUZ: Pero ¿qué lo que utede 'tan haciendo?

DIVINA (CONT'D): ¡Ahora sí! Mira qué jovencita te ve. ¡Eso! ¡Baila!. ¡SUÉLTATE, MUJER! ¡ATAJA! ¡Ey ey ey ey!

LUZ: ¡Me 'toy poniendo tonta!

Luz se hace a un lado mientras Julio César y Divina bailan.

DIVINA: ¡Vamo tú y yo!

JULIO CÉSAR: Uuuuuuy!

DIVINA: ¡Ay coño, me dió náusia!

JULIO CÉSAR: ¿Va vomitar?

LUZ: Anda pal carajo.

DIVINA: 'Pérate...

Divina corre hacia el baño

LUZ: Eso fue la cerveza. ¿Tú 'tá bien?

Luz entra al baño. Julio César apaga el tocadisco. Suena su cellular.

JULIO CÉSAR: Hello? Hey, what's up? Everything went well. Just here eating and dancing a little bit.

Se escucha a Divina vomitando.

JULIO CÉSAR (CONT'D): Everything's fine. Don't worry.

Se escucha a Divina vomitando con más volumen.

JULIO CÉSAR (CONT'D): I'll call you later. I love you too.

Se escucha a Divina vomitando en un volumen bien

alto.

JULIO CÉSAR (CONT'D): ¿Coño tía, pero tú 'tá reventando e'?

Luz y Divina salen del baño. Luz sienta a Divina en el sofá-cama.

DIVINA: ¿Por qué quitaron la música? ¡Yo quiero seguir bailando!

LUZ: ¿Quién te llamó, tu hermano?

JULIO CÉSAR: El amigo mío en Dallas. El que se etá encargando del gato.

LUZ: Ah, ¿cómo e' que se llama, Gorbachev?

JULIO CÉSAR: Russell, mami. Se llama Russell.

DIVINA: Pásame el retrato de 'Tico.

LUZ: Ahora sí que se le torció el rabo al puerco. ¿Pa' qué tú quiere ese retrato, mujer?

DIVINA: Pásamelo que 'tá sucio todavía.

LU: Cómete un chín de sopita, hombre, pa' que se te quite la náusia.

DIVINA: Pásame el pañito pa' limpiá el polvo.

LUZ: Ese retrato 'tá limpio.

DIVINA: ¡QUE ME PASE EL RETRATO, COÑAZO!

LUZ: ¿Qué te pasa a tí?

DIVINA: Dame otra cervecita y tú márcame el

teléfono de tu tío Elpidio... le voy a dar esa maldita pelelengua... Buen perro, come mierda! ¡Ahora 'tá él muy campante con su mujer! ¡EN PAZ! Degraciao... ¡PO'QUE ESE UN DEGRACIAO! ¡HIJO DE SU MALDITA MADRE!

JULIO CÉSAR: Tía...

DIVINA: ¡ALBERTICO! ¡ALBERTO!

LUZ: Divina-

DIVINA: ¡AYYYY MI HIJO! ¡AYYYYYY MI 'TICO! ¡MI 'TICO!

Divina comienza a dar golpes de histeria y llanto.

LUZ: Búcale un vaso de agua, huye.

JULIO CÉSAR: Ya tía.

LUZ: Tómate un vasito de agua.

DIVINA: ¡AYYY MI 'TICO!

LUZ: ¡Tómate el vaso de agua, coño!

JULIO CÉSAR: ¡Mami pero no le grite!

LUZ: ¡Déjame! Toma...

JULIO CÉSAR: ¡No la oblige! Déjala que llore.

LUZ: ¡QUÍTATE!

Julio César se hecha a un lado.

DIVINA: ¡AYYYY MI 'TICO!

LUZ: Tómate aunque sea un chín de agua.

DIVINA: ¡NO ME JODA!

LUZ: ¡HAZME EL FAVOR, TU OYE! ¡DÉJATE DE PENDEJÁ!

DIVINA: ¡'TOY JARTA, LUZ!

LUZ: ¡LEVÁNTATE, CARAJO! ¡NO 'TOY EN PLAN DE 'TÁ RECOGIÉNDOTE!

DIVINA: ¿A QUIÉN E' QUE TU DICE QUE TU 'TÁ RECOGIENDO?

LUZ: ¡TÓMATE EL AGUA Y DEJA DE ETAR HABLANDO PORQUERÍA!

DIVINA: ¡VETE A LA MIERDA QUE EL TUYO TODAVÍA 'TÁ VIVO!

LUZ: Cállate, mujer.

DIVINA: ¡'TÁ VIVO EL TUYO!

LUZ: ¡Tómate el agua!

DIVINA: ¡'TÁ VIVO!

LUZ: ¡OTRO MUERTO E' EL MÍO! ¡PORQUE EL QUE 'TÁ AQUÍ YO NO LO CONOCO!

DIVINA: ¡EL TUYO 'TÁ VIVO!

LUZ: ¡TÓMATE EL AGUA, MALDICIÓN!

Divina toma el agua y se calma.

LUZ (CONT'D): ¿Quiére el sancocho o no?

DIVINA: No quiero ningún jodío sancocho.

LUZ: Pue no te lo coma, coño.

DIVINA: Ponme el dico de Cuco Valoy.

LUZ: ¡Ningún dico! Arecuétate. A ver si se te pasa el jumo. Ayúdala Julio César.

Julio César sube a Divina al sofá-cama.

DIVINA: ¡EY, MI CABEZÓN! ¿Qué buchipluma soy yo, verdá mi niño?

LUZ: ¿Tú no quiere má' sancocho?

JULIO CÉSAR: No.

LUZ: Ahí sobró muchísimo. Da pena botarlo.

JULIO CÉSAR: Llévaselo al tal Freddy...

LUZ: Pue mira que le voy a llevar aunque sea un chín. Él no deprecia la cosa.

DIVINA (cantando): *Buchipluma na' má' eso ere tu buchipluma na' má'...*

Divina se queda dormida. Luz contínua limpiando. Pasan unos momentos y después Luz se sienta y se queda mirando a Julio César.

JULIO CÉSAR: ¿Qué?

LUZ: Nada.

JULIO CÉSAR: ¿Qué tanta miradera e' la tuya?

LUZ: ¿'Taba bonito el ramo de flore?

JULIO CÉSAR: ¿Qué?

LUZ: El ramo de flore que le comprate a tu papá... 'taba bonito?

JULIO CÉSAR: Ya te dije como mil vece que sí.

LUZ: No me diga na' má que "SÍ." Yo pagué por él.

JULIO CÉSAR: Tú se lo comprate porque te dio la gana.

LUZ: ¡Dime cómo se veía el ramo, hombre de Dio'!

JULIO CÉSAR: Diferente colore.

LUZ: Ajá, diferente colore... ¿Y qué má?

JULIO CÉSAR: ¡Un ramo, mami! ¡Un ramo! Habían muchísimo ahí.

LUZ: ¿A mí qué me importa los otro? Del que tú mandate hacer. De ese e' que yo quiero saber, Julio César.

JULIO CÉSAR: Era... como un arco. Tenía orquídia, clavele, tulipán...

LUZ: ¿Cómo olía?

JULIO CÉSAR: ¿Qué?

LUZ: La fragancia.

JULIO CÉSAR: Le salía un olor como a vainilla.

Como dulce.

LUZ: ¿Y tu nombre, se lo pusieron bien?

JULIO CÉSAR: Así, bien grande: "Con mucho amor y cariño, tu hijo que te quiere, Julio César Nino Ortíz." Con el apellido de él, como tú quería. Yo no sé pa' que. Si él no me lo quiso dar-

LUZ: Porque tu ere hijo de él y ese era su funeral.

JULIO CÉSAR: Entonce, un gesto de tu parte?

LUZ: De mi parte no. Del tuyo. ¿Y el cuarto? ¿Qué había en el cuarto?

JULIO CÉSAR: En el cuarto... había mucha luz. Yo pensé que iba a 'tar má' obscuro, pero no. Habían muchísima foto de cuando él era jovencito, foto de él bailando agarrando su Barceló con hielo en el vasito verde, foto con nosotro... Y cuánta gente. Yo no sabía que había tanta gente que lo quería. Eso era mucha gritadera y rezo por to' lo lao... Pero yo no, fíjate.

LUZ: ¿Lo vistieron bien?

JULIO CÉSAR: La familia le compró un traje de lo ma' bonito. Tú sabe que a mi papá le encantaba siempre andá con mucho pindilú.

LUZ: Adio', su corbata de seda, su saco y su pañuelo azul en el bolsillo.

JULIO CÉSAR: Exactamente. Se veía buen mozo pero tenía la cara morá. Le toqué la piel y la tenía bien fría. En mi vida había tocado yo un muerto. Nunca había querido. Pero con él me dieron gana. A ver si encontraba algo. Le toqué el cabello, la frente, el cachete... Nada. Ahí en esa caja 'taba Don Nino Ortíz.

El que me negó el apellido. Igualito a mí. La mima narizota. Lo mimo ojo. El mimo porte. Yo dije, diablo, ¿pero y ese soy yo? En esa caja 'toy yo. Me salí de ese cuarto má' rápido que inmediatamente.

LUZ: Oh.

JULIO CÉSAR: Al lado del cuarto de papi 'taban velando una señora. No entré por repeto, pero ví el cuerpo de lejo. En ese cuarto la luz 'taba bien apagada. Casí no se veía nada. Al lado de la caja había un niñito como de cinco o sei año que no se depegaba de su puesto. Na' má' calladito, incado y rezando. Yo pensé que era hijo o nieto de la señora pero ecuché a alguien decir que ella solamente lo cuidaba, fíjate. La babysitter. No era ni siquiera la mamá. Pero ese niño 'taba rezándole. Dándole algo. En ese cuarto no había tanta gente como en el de papi. No había tanta luz. Todo bien calladito. Pero había algo. Yo lo sentí.

LUZ: ¿Y qué fue eso que sentite?

JULIO CÉSAR: Me sentí vivo, mami.

Pausa.

JULIO CÉSAR: Yo no 'toy muerto.

LUZ: Pero así e' que tú me trata. Como un muerto que no dice nada. Lo muerto na' má' no son lo que 'tan enterrao. Del muchacho que se fue de aquí pa' la universidad yo no sé absolutamente nada.

JULIO CÉSAR: ¿Qué lo que tú quiere saber?

LUZ: Háblame de tu mundo; de tu vida, de tus cosa.

JULIO CÉSAR: ¿Pero qué e' lo que tú quiere saber?

LUZ: Bueno... Tú me dijíte que te iba a meter a ser maestro. ¿Qué pasó? Eso de teatro y commerciale, y to' esa vaina, ¿paga?

JULIO CÉSAR Esa vaina, como tú le dice, es lo que yo hago. Yo te enseñé un poquito y te gutó.

LUZ: Okay, 'tá bien que te gute pero depué que terminate lo etudio te quedate por allá. Yo no entiendo. ¿Eso no tiene tú que 'tá aquí o en hollywood?

JULIO CÉSAR: Lo que yo encontre allá no está ni aquí ni en Hollywood.

LUZ: ¿Y qué fue lo que encontrate?

JULIO CÉSAR: Una vida.

LUZ: Tú 'tá en una edad que tiene que 'tá pensando en tu futuro-

JULIO CÉSAR: Tú ere la que 'tá preocupá por eso, yo no.

LUZ: Encontrar algo esteady. Tu trabajito, tu dinerito, una eposa, una familia-

JULIO CÉSAR: Yo 'toy bien contento con lo que hago.

LUZ: ¿Pero cómo va a ser?

JULIO CÉSAR: Mi vida alla e'... todo lo día e' algo diferente. No siempre el corre corre de aquí. Eta cuatro parede. Eta soledad. Un día 'toy grabando un comercial de jabón, al otro día 'toy payaseando en una tarima. Hay mucha cosa que no tengo pero lo que sí tengo e' una sonrisa, mami. Tengo mi apartamento, mi carrito, mis amistade-

LUZ: Pero todavía tu buca algo. Y lo 'tá bucando aquí. ¿Entonce?

JULIO CÉSAR: Ay, mami. Tú como que todavía no entiende.

LUZ: Virgen santísima. Esa mirada tuya... Igualita al pai tuyo.

JULIO CÉSAR: Ahora me pareco yo a to' el mundo meno a mi.

LUZ: Lo que te 'toy diciendo e' que-

JULIO CÉSAR: ¿Tú sabe a quién yo ví en el funeral?

LUZ: ¿A quién?

JULIO CÉSAR: A Maggie. La sobrina de papi.

LUZ: Ay, si. Esa muchacha siempre ha sido un amor.

JULIO CÉSAR: 'Taba ahí con su compañera.

LUZ: ¿Qué compañera? ¿La roomate?

JULIO CÉSAR: La roomate no. Su pareja.

LUZ: ¿Pareja de qué? ¿Maggie e' pata?

JULIO CÉSAR: Tiene má' de veinte año en esa relación.

LUZ: Oye. Dique relación. Qué desperdicio.

JULIO CÉSAR: ¿Desperdicio por qué?

LUZ: Una muchacha tan linda. Te digo a tí. Deberían de caerle encima, coño, con un chucho e' goma.

JULIO CÉSAR: ¿A tí qué te importa si ella tiene pareja o no?

LUZ: Ya te dije que eso de mariconería no 'tá bien.

JULIO CÉSAR: Lo que la gente haga en la cama no tiene que ver contigo.

LUZ: ¿Y por qué tu la defiende tanto?

JULIO CÉSAR: A tí no te gutaría si yo te dijera que no puede salí con Freddy.

LUZ: Freddy no e' na' mío.

JULIO CÉSAR: Eso a mí no me importa. Tú a lo tuyo y yo a lo mío.

LUZ: ¿Y qué e' lo tuyo, Julio César?

JULIO CÉSAR: ¡Ay mami, no sea tan cerrá!

LUZ: ¿A quién e' que tú le 'tá hablando así, ah?

JULIO CÉSAR: ¡A tí, coñazo!

LUZ: Ten cuidao...

JULIO CÉSAR: Ten cuidado tú. ¡Siempre na' má' hablando mierda sin pensar!

LUZ: ¿Pero qué e' lo que tú te cree, muchachito? Cámbiame ese tonito.

JULIO CÉSAR: Hay que ver que tú sí ere ignorante.

LUZ: Mira, hijo de la gran puta, a mí tú no me llama ignorante, ¿oíste?

Estos gritos despiertan a Divina.

JULIO CÉSAR: ¿Y qué má' quiere que te llame? Hablando de cosa que tú ni sabe. ¡Lo único que sale de tu boca e' pura mierda! Con tu foto del Papa gindando en la paré privando en yo no sé qué. ¡La vida na' má no e' la televisión, la maldita funda plástica y fotos del Papa! Edúcate, mujer. ¡No sea tan bruta!

Luz le pega una cachetada. Julio Cesar se mueve como si fuera a darle un golpe. Divina se interpone.

DIVINA: ¡Ay dio! ¿Pero qué lo que pasa aquí? ¿Utede 'tan loco, e'?

LUZ: ¿QUÉ? ¿ME VA' A PEGÁ? ¡ATRÉVETE DEGRACIAO' QUE TE PARTO EN DO!

JULIO CÉSAR: ¡A mí tú no me pega, coño!

LUZ: ¡DÉJAME QUE ETE QUIERE PRIVÁ EN GALLITO! ¡VEN! ¡VEN PA' PARTIRTE LA MADRE!

JULIO CÉSAR: ¡¿YA YO NO SOY UN NIÑO, OÍSTE!? ¡SI ME DA GOLPE YO TE LO DEVUELVO!

LUZ: ¡¿O SÍ?! ¡PUE VEN, DEVUÉLVEMELO!

DIVINA: ¡EPÉRENCE, COÑAZO!

LUZ: ¡DIQUE LLAMÁNDOME BRUTA A MI! MAL NACÍO!

DIVINA: ¡'TATE QUIETA LUZ!

LUZ: ¡YO NA' MÁ LLEGUÉ HATA SETO GRADO PERO HABLO LO DO IDIOMA Y TENGO MI CIUDADANÍA, PA' QUE LO SEPA! ¡MUCHO E' SACRIFICAO YO! ¡TE SAQUÉ A TÍ Y A MÍ POR DELANTE! ¡CUANDO TE FALTABA ROPA, COMIDA, DINERO PA' LA UNIVERSIDAD! ¡ERA YO LA QUE SE FAJABA EN ESA MALDITA FACTORÍA DE TRAJE DE BAÑO DÍA Y NOCHE PONIENDO FOCKEEN TIRITA A TO' ESE MATERIAL! AGUANTÁNDOLE MIERDA A ESO JEFE GRINGO QUE SE CREEN QUE PORQUE UNO NO HABLA BIEN EL INGLÉS PUEDEN ABUSA'.

JULIO CÉSAR: YA YO ME SÉ ESE CUENTO-

LUZ: ¡DEPUE' EL LAYOFF! CUANDO SE ME ACABÓ EL CHEQUE DEL EMPLOYMEN Y TUVE QUE AGUANTAR MÁ' MIERDA PA' AGARRA' WELFARE. ¡IENDO A TO' ESO MALDITO FACE TO FACE! Y AHORA CUIDANDO VIEJO DÍA Y NOCHE PA' PODER PAGAR RENTA Y DARTE A TI UN PORVENIR QUE NI EXISTE PORQUE TU NO VA SER NINGUN FOCKEEN MAETRO. ¡ME CAGO EN NA'! ¿Y AHORA TÚ NI QUIERE SABER DE MI?

JULIO CÉSAR: NO E' QUE NO QUIERO SABER DE TÍ-

LUZ: ¡YO ME HE QUEDADO SOLA! ¡SOLA, COÑO! ¡AQUÍ NO HAY NA'!¡ ¡NA' MÁ' YO, LYDIA, LA RADIO, Y LA FOCKEEN TELEVISIÓN ESA! Y DE VEZ EN CUANDO SI LE DA LA GANA A TU TÍA DE PASAR POR AQUÍ.

DIVINA: Ah no, 'pérate un momentico-

LUZ: ¡TO' EL MUNDO SE HA IDO! ENTONCE, TANTO SACRIFICIO, ¿PA' QUÉ? ¿PA' QUEDAME

SOLA? ¿PA' QUE NADIE CUIDE DE MI CUANDO LLEGUE A VIEJA?

JULIO CÉSAR: ¿Y ESO LO QUE TÚ QUIERE? ¿QUE YO ME ENCARGUE DE TÍ COMO UNO DE ESO VIEJO QUE TÚ CUIDA? ¡HAZME EL FAVOR, MUJER! SI TÚ 'TA SOLA ESO E' ASUNTO TUYO.

LUZ: ¡MALAGRADECIDO, ESO E' LO QUE TÚ ERE!

JULIO CÉSAR: PERO VEN ACÁ. ¡A MÍ QUÉ CARAJO ME IMPORTA TO' LO QUE TÚ DICE QUE HA HECHO POR MÍ SI NO PUEDO NI HABLAR CONTIGO!

LUZ: ¡PUE HABLA! ¡HABLA, COÑO! ¡A TÍ NADIE TE 'TÁ AGARRANDO ESA
LENGUA! ¡YO QUIERO QUE TÚ HABLE!

JULIO CÉSAR: ¿PA' QUÉ, PA' QUE EMPIEZE CON TU COMENTARIO IGNORANTE?

LUZ: ¡E' QUE YO NO SÉ NADA JULIO CÉSAR! TÚ ERE MI HIJO Y NO SÉ NADA! ¡SABE TUS AMIGOS, SABE DIVINA, SABE TO' EL MUNDAZO, COÑO, MENO YO!

JULIO CÉSAR: ¿POR QUÉ TU CREE QUE YO ME DEGARITÉ DE ETE SITIO, AH? NO PUEDO REPIRÁ AQUÍ CON TANTA PORQUERÍA ¡TÚ SÍ SABE! ¡LO QUE PASA E' QUE 'TA PODRÍA CON ESA MENTALIDAD DE CAMPESINA!

LUZ: MIRA DEGRACIAO-

Luz trata de lanzarse pero Divina se interpone y recibe un golpe accidentalmente.

DIVINA: ¡AYY! ¡AH NO, COÑO! ¡NO ME 'TEN

PEGANDO A MÍ!

LUZ: ¡TÚ PUEDE 'TÁ MUY GRANDE, MIJITO, PERO TODAVÍA TE AGARRO A PATÁ!

DIVINA: ¡NO, NO, NO, NO! EPÉRATE, COÑAZO, QUE ME 'TÁ PEGANDO!

LUZ: ¡VEN, COÑO, SI TÚ ERE HOMBRE! VEN!

Julio César corre hacia la ventana de adelante.

DIVINA: ¡AY, VIRGEN SANTISIMA!

Julio César sube la ventana y rompe la reja.

JULIO CÉSAR: ¡ARREGLA ETA MALDITA CASA! ¡ETA FUCKEEN REJA! ¡ETA MALDITA PAREDE!

LUZ: ¡DÉJAME LA CASA TRANQUILA!

DIVINA: ¿PERO MUCHACHO, TÚ 'TÁ LOCO E'?

JULIO CÉSAR: ¡YO NO 'TOY MUERTO! ¡A MÍ TÚ NO ME VA A ENTERRAR! ¡LA QUE 'TÁ ENTERRÁ EN UNA TUMBA ERE TÚ!

Julio César tira la reja hacia la cocina y se marcha al baño.

LUZ: ¿PA' DONDE TÚ VA? ¡VEN ACA COÑO! ¡DEJA LA CORREDERA!

LYDIA (Asomándose a la ventana): ¡Ey! ¿Qué es lo que está pasando ahí, carambation? ¡Voy a llamar a la policía!

LUZ (En la ventana): ¡¿Qué carajo e' lo que ute quiere,

Lydia?!

LYDIA: ¡¿Qué está pasando?!

LUZ: ¡Déjese de etar de pendenciera! ¡Na' má' to' el tiempo asoma en la ventana ecuchando la conversacione de lo demás!

LYDIA: ¿Oye pero qué te pasa, Luz? Yo solamente me preocupation.

LUZ: ¡Chismotation e' lo que e' uted! Loquita por saber algo pa' contárselo a quien sea.

LYDIA: ¿Qué le hiciste a Julio César?

LUZ: ¡No se meta en lo que no le importa!

LYDIA: ¡Ahorita se te larga otra vez y no vuelve nunca más!

LUZ: Mira buena degraciá, 'pérate...

DIVINA: ¡Luz, deja a esa mujer tranquila!

Luz va al refrigerador y saca los tamales del congelador. Camina hacia la ventana.

LUZ: ¡NO SE META EN LO MÍO QUE CUANDO EL DE UTE SE MURIÓ YO JAMÁS ME METÍ! ¡TOME SU FOCKEEN TAMALE! ¡MÉTASELO POR EL CULO!

Luz lanza los tamales por la ventana

LYDIA: ¡Auxílio! ¡ESTA MUJER ME QUIERE MATAR CON MIS TAMALES!

LUZ: ¡Eso e' pa' que aprenda a no ser tan entrometía!

LYDIA: ¡Ahorita llamo a la policía pa' que te metan presa!

LUZ: ¡Llámala! ¡ANDA! ¡Cuando lleguen na' má' van a encontrá lo hueso, coño!

LYDIA: ¡Socorration! ¡Socorration!

DIVINA: ¡Salte de ahí! ¡Deja a esa mujer!

LUZ: ¡Déjame, que 'toy quillá!

DIVINA: ¡Siéntate!

LUZ: ¡NO!

DIVINA: ¡Que te siente, mujer de Dió!

Pausa. Luz se sienta.

DIVINA (CONT'D): Oh pero dios mío. ¿Y qué vaina e', Luz? ¿Tú 'tá loca? ¿Van año que no se ven y ahora se quieren caer a trompá? Santísimo. Hata el jumito que tenía se me quitó.

LUZ: Yo no sé a quién ese muchacho salió tan malagradecido.

DIVINA: Se le acaba de morí el papá. Ten paciencia.

LUZ: Que no me venga él con vaina. A mí que nadie me llame bruta.

DIVINA: Cójelo con take it easy.

Luz comienza a limpiar el reguero.

DIVINA (CONT'D): Deja eso ahí, mujer.

LUZ: ¡Déjame! Eto e' lo que yo hago.

Divina camina hacía la ventana y la cierra.

DIVINA: Mira cómo arrancó él esa reja. Ay Dio'.

JULIO CÉSAR (Desde el baño): ¡Tía!

DIVINA: ¿Qué pasó?

JULIO CÉSAR: ¿Dónde 'tán lo álbum?

LUZ: Ven, sal. ¡Sal pa' date el álbum!

DIVINA: ¡Sal un momento muchacho pa' que hable con tu madre!

JULIO CÉSAR: ¡Dime dónde tán lo álbum!

LUZ: Coño pero... ¡cárcel e' que yo voy a coger eta noche!

DIVINA: Dile donde tan lo jodío álbum.

LUZ: No fue a mí que me preguntó.

DIVINA: ¡Dile carajo!

LUZ: ¡'Tán ahí, en el gabinete!

JULIO CÉSAR: ¿En cuál gaveta!?

LUZ: ¡BUCALA PA' ENSEÑÁTELA!

Julio César sale del baño.

DIVINA: Ven, papi. Ven siéntate. ¿Quiére un vasito de agua? ¿Qué lo que tu buca en eso álbum?

JULIO CÉSAR: Algo, tía. Busco algo.

Luz continúa limpiando. Julio César se sienta en la mesa y mira las fotos.

LUZ: ¿Pa' qué tú quiere mirar eso álbum? 'Tán to' deguavinao.

JULIO CÉSAR: Mira tía.

LUZ: Te 'toy hablando.

DIVINA: Luz, mira. Eso era cuando él 'taba viviendo con nosotro allá en Lo Mameye.

JULIO CÉSAR: ¿Cuánto año tenía yo ahí?

DIVINA: Como uno tre o cuatro. Mira que cocha má' linda.
JULIO CÉSAR: Eso fue cuando ella me mandó a viví pa' allá. Yo no quería regresá.

DIVINA: Me lo dice. Dio una bréga pa' traerte.

LUZ: Eso na' má' fue por un tiempito mientra yo arreglaba mi cuetione de dinero. Pero eta es su casa y él e' mi hijo.

DIVINA: Que joder. Yo sé eso, Luz.

LUZ: Si pero a vece como que se te olvida.

DIVINA: Y a ti como que se te olvida que yo tenía uno también.

LUZ: Pue...

DIVINA: Pue, ¿qué?

LUZ: Yo no sé cual era esa gran cosota que había en lo Mameye.

DIVINA: Lo que pasa e' que él tenía otra vida por allá. ¿Verdad, mi cabezón? Corriendo en la calle decalzo, jugando con la gallina...

JULIO CÉSAR: Adió, Albertico ayudándome a volar mi chichigua ante de la cinco porque depué de la cinco todo lo niño bueno tenían que estar en su casa. Si no, se lo llevaba la cigüeña.

DIVINA: "¡Pórtate bien porque si no, la cigüeña te va a llevar!"

JULIO CÉSAR: ¡O el cuco debajo de la cama!

DIVINA: "¡Por ahí viene el cuco, Julio César! ¡Huye! ¡Ecóndete ante que te agarre!"

JULIO CÉSAR: ¡Y el día de los enmascarados! ¿Cómo era, tía?

DIVINA: ¡ROBA LA GALLINA!

JULIO CÉSAR: ¡PALO CON ELLA!

DIVINA: ¡ROBA LA GALLINA!

JULIO CÉSAR: ¡PALO CON ELLA!

DIVINA: Tú traíste tanta luz a esa casa.

LUZ: Yo 'taba tan contenta cuando tú regresate.

JULIO CÉSAR: Pero yo no.

LUZ: Yo sé.

DIVINA: Mira, Luz. El álbum de cuando él era baby.

LUZ: Eso fue cuando el cumplió un añito.

JULIO CÉSAR: ¿Ésa e' mi abuela que me 'tá cargando?

LUZ: Ajá.

JULIO CÉSAR: ¿Y ese no e' mi papá?

LUZ: Sí.

JULIO CÉSAR: Hm.

LUZ: ¿Qué?

JULIO CÉSAR: Mira eta otra foto. Tú y papi junto.

LUZ: Ah sí.

JULIO CÉSAR: Yo sabía que aquí había una foto con utede dos.

LUZ: Eso fue un día en el Central Park. Hacía un frío de pinga.

JULIO CÉSAR: Hacía frío pero que miraditas se 'taban dando.

DIVINA: Oh oh. ¿Luz, y esa foto?

LUZ: Uno a vece guarda la cosa y no sabe porqué.

JULIO CÉSAR: Ahí se ve, mami.

LUZ: ¿Qué cosa?

JULIO CÉSAR: Que utede si se querían.

LUZ: Eso fue hace tanto tiempo.

JULIO CÉSAR: ¿Pero todavía te acuerda, verdad? ¿Verdad que sí?

LUZ: Claro, mijo. Me acuerdo to' lo día.

JULIO CÉSAR: Se querían de verdad, tía.

DIVINA: Si, se querían.

Pausa.

Julio César rompe en llanto. Es un llanto de alivio y desahogo. Luz lo abraza con fuerza.

JULIO CÉSAR (CONT'D): Yo no 'toy muerto, mami.

LUZ: Yo sé. Yo sé. Yo lo sé todo, mijo.

Julio César continúa en llanto. Después de pasar unos momentos en silencio Luz Canta en voz baja.

LUZ (canta) (CONT'D): *Hay que revivir, las rosas desojadas. Quiéreme otra vez, porque tendrá que ser…*

DIVINA Y LUZ
Piensa que te adoro. Mira como lloro.
Tenme compasión vuélveme a querer
Mucho más que ayer.

Pausa.

LUZ: Divina, saca la foto del album.

Divina saca la foto.

LUZ: Toma, mijo. Llévatela.

Julio César guarda la foto en su bolsillo.

DIVINA: Ay, mi cabezón. LA VIDA, ¿verdad? ¡LA VIDA!

LUZ: ¿Tiene hambre? ¿Quiére que te prepare algo?

JULIO CÉSAR: No.

DIVINA: Bueno, creo que ya e' hora de arrancar paso.

LUZ: ¿Ahora 'tá tu como Blas? ¿Ya comíte y ya te vas?

DIVINA: Utede do' tienen mucha cosa de que hablar y eta que 'tá aquí no se va a mete' en ese chambre de bacalao.

JULIO CÉSAR: ¿Tú 'tá segura que 'tá bien?

DIVINA: Sí, hombe. Yo me voy en el tren y en veinte minuto 'toy yo en mi jaula.

JULIO CÉSAR: Voy al baño un momento y te encamino.

DIVINA: 'Tá bien, mijo.

Julio César se marcha al baño

LUZ: Mira, ahí te preparé un poquito de sanchocho pa' que te lo lleve.

DIVINA: Ese sancocho 'tá má' bueno. Mañana me lo jarto yo de lonche.

LUZ: Avísame cuando e' que tú te va' pa' Santo Domingo pa' mandale algo a la familia de nosotra.

DIVINA: Tú debería de llamarlos. Ello dicen que hace tiempo que no hablan contigo.

LUZ: Un día de eto. Quién sabe.

DIVINA: Pero mujer de Dios, ¿tú 'ta ciega e'? Así como te siente tú con Julio César se siente la familia allá. Utede pueden seguí con ese corre corre, mijita, pero sea hoy o sea mañana se acaba la carrera. Depue' no hay má' na'. Un hoyo de aquí pa' abajo na' má'. Uno se da cuenta que lo muerto 'tan bien enterrao pero nosotro 'tamo vivito y coliando, Luz. ¡Aprovecha tu hijo!

Julio César sale del baño

JULIO CÉSAR: ¿'Tá lista?

LUZ: Toma tu pañuelo.

DIVINA: No, hombe. Quédate con él.

LUZ: Llámame cuando llegue a la casa.

Luz le da el sancocho en un contenedor plástico amarrado con bolsas plásticas.

JULIO CÉSAR: A ver si te llamo al super en la mañana pa' que quite to' eta reja y arregle esa parede que se 'tán rompiendo.

LUZ: 'Tá bien. 'Pérate que tiene el cabello to' degreñao.

JULIO CÉSAR: Si na' má' voy a llevarla al tren.

Luz le compone el cabello a Julio César.

DIVINA: Mírame eso. ¡Nuestro niño 'tá muy buen mozo, Luz! Una estrella de Hollywood.

Divina se marcha alante.

LUZ: Julio César. Ven acá. ¿Mañana e' el entierro?

JULIO CÉSAR: Mañana.

LUZ: ¿Y depué te va?

JULIO CÉSAR: Depué me voy.

LUZ: Julio César.

JULIO CÉSAR: ¿Qué pasó?

LUZ: Yo quiero conocer al amigo tuyo. A Russell.

Pausa.

LUZ: A ver si un día de eto me lo trae por aquí. Le hago un sancochito Dominicano. Yo lo que quiero e' verte, mijo.

Pausa.

Julio César no responde. Después de un momento este le da un beso en la frente y se marcha con Divina. Luz se queda sola.

Pasan unos momentos mientras ella recoge, limpia, guarda las cosas en la nevera... Va al clóset que está repleto de ropa y con un jalón al estilo lucha libre saca las sábanas y prepara la cama.

Éste es un sofá-cama que se abre en dos partes para crear una cama tamaño Queen. Bien eficiente para un espacio tan pequeño. Después de terminar el extenso ritual se sienta un momento a mirar los álbums que están en la mesa. Mira algunas fotos y se ríe.

Lydia se asoma a la ventana. Trae una benda puesta en la cabeza como si hubiese recibido tremendo golpe.

LYDIA: Luz... Luz... Lucecita...

LUZ: ¡Ey! ¿Qué pasó Lydia?

LYDIA: Está todo bien calladito por ahí. ¿Todo bien?

LUZ: Sí.

LYDIA: Ay, Luz. Discúlpame, my reina. No quise meterme.

LUZ: Excúseme usted a mí. Le malogré lo tamale que hizo con tanto cariño. Tenemo que 'tá bien ute y yo porque somos las única que quedamo en eta cueva.

LYDIA: No te preocupation, my reina. ¿Y Julio César, está por ahí?

LUZ: Fue a llevar a la tía al trén de un pronto.

LYDIA: Dile que me llame. ¡No, que pase por aquí! Que se deje ver.

LUZ: Ante de él irse yo le digo que le toque.

LYDIA: Tú hijo está muy guapo, Luz.

LUZ: Adio, todo un hombrón.

LYDIA: Con una madre como tú... Cuídalo bien. Te lo
digo yo.

LUZ: Gracia, Lydia. No vemo.

Luz enciende la radio Y busca varias emisoras hasta
encontrar una de su gusto. Mientras escucha el
programa se marcha al baño y se pone una bata. Sale,
camina hacia la cama, y apaga la luz principal, pero
deja una lámpara pequeña prendida. Escuchamos la
radio por unos momentos. Es un programa sobre
vitaminas naturales. Luz se para y apaga el radio. Da
la vuelta hacía el cuadro Del Papa Juan Pablo II y se
precina tres veces despúes busca agresivamente entre
sus discos y encuentra el de Daniel Santos. Agarra un
trapito, le limpia el polvo con cuidado, y lo pone en el
tocadisco. Escuchamos la canción "Vuélveme a
querer" a bajo volumen mientras Luz enciende un
cigarillo.

LYDIA: ¡QUÉ BELLEZA! ¡SÚBELE, LUCECITA!
¡QUÉ SE OIGA! ¡PA' ALENTAR EL ALMA!

Luz le sube el volumen.

LYDIA: ¡DIOS TE BENDIGA, LUZ!

Éstas palabras la conmueve. Luz se sienta a la orilla
de la cama.

Por la puerta entra Julio César. Los dos intercambian
un momento en silencio mientras disfrutan de la
música. Julio César le baja un poco el volumen y va
hacia la orilla de la cama. Recuesta su cabeza en las
piernas de Luz quien le acaricia el cabello.

JULIO CÉSAR: Dame tu bendición, mami.

LUZ: Dios te bendiga, mijo.

Depués de un momento Luz apaga la lámpara dejando que la música siga tocando.

En la obscuridad sólo queda la luz de un cigarrillo.

FIN DE OBRA

GLOSARIO

TÉRMINOS DOMINICANOS Y DOMINICAN/YORK:

ÁDIO: Interjección de incredulidad, sorpresa.

ANDA PAL SIRETE: ¡No puede ser!

AQUEROSO: Dar asco.

ASAROSO: Desgraciado

ASOPAO: Una sopa típica dominicana que contiene una mezcla de ingredientes variados.

ATÁJA: ¡Dale ganas! ¡Con gusto!

A TO' TIRO PA': Rapido. Sin parar.

BABOSO/BABOSIDADES: Ridículo/ridiculeces.

BUCHIPLUMA: Persona que le gusta hablar mucho pero tiene poca motivación. Mucho ruido y pocas nueces.

CAN: Fiesta, diversión

CARA E' SICA: Cara de mierda

CASABE = Un pan seco hecho de yuca.

CHICHARRAR: Quemar

CHICHÍGUA: Una cometa/ papalote/ave de rapiña

CHIN: Poquito

CIBAO: Provincia en La República Dominicana

CLAVO: una porquería

COCÓ: Usado después de hablar de una suma de

dinero.

CODO: Poco generoso. Egoísta.

COLMADO/COLMADITO: Mercado pequeño.

COMÍA CUENTO: No hay quien lo pare.

CON UN CHUCHO E' GOMA: La goma de una llanta.

CONCÓN: Raspado. Lo que queda al fondo de la olla cuando se cocina arroz.

CONUCO: Un lugar usualmente repleto de platanales y matas de coco. Como una selva.

CRACKIA: Loca

CRICA: Nalga/culo

CUAJA: Vagancia. No querer hacer nada.

CUANDO CUCA BAILABA/MA' VIEJO QUE LÍLÍ: Un decir usado para describir algo viejo.

DÁNDOLE A LA SIN HUESO: Hablando mucho. Hablando de más.

DEGARITÓ: Largarse.

DEGUAVINAO: Desvaratado

DEPITRAFÁ: Roto. Rompiendo.

DESABRÍO: Sin sazón. De poco sabor.

DIQUE: Dizque, supuestamente, al parecer.

EI CULO E' LA VIEJA: Un decir de las provincias cibaeñas. Es como decir que algo es increíble o impactante.

EI PIPO: Un decir de las provincias cibaeñas. Tiene varios usos, pero mayormente es asociado con una exclamación después de un golpe, si se cae o se va a caer algo.

EL DÍA DE LOS ENMASCARADOS: Un carnaval celebrado cada año en diferentes partes de la República Dominicana. Igualmente se celebra el 19 de marzo, en conmemoración de la Batalla del 19 de Marzo de 1844; mezclando así lo festivo con lo patriótico, o durante la Semana Santa.

EL PAI: El papá. El padre.

FACE TO FACE: Parte del proceso para obtener welfare, (asistencia del gobierno) en Los Estados Unidos.

FISNAS/FISNOS: Persona que se cree fina, de alta sociedad.

FRECO: "Fresco." No tener vergüenza, atrevido

FRITURA: Parada donde se vende comida frita.

FUNDA: Bolsa de plástico.

FUÑIR/FUÑÍO: Molestar/algo molestoso.

GUARANDINGA: Cosas

ENCOJONÁ: Enojarse

HABICHUELA CON DULCE: Un postre hecho a base de habichuelas.

JABLADORA: Mentirosa

JESU SANTÍSIMO NI MA MEA/JESU MANÍFICA NI MA MEA: Ave María Purísima.

JODÍA/JODER/JODIENDA/JODÓN: Molestar.   Algo

que molesta.

JOCICO: La quijada/la boca.

JUMO: Borrachera

LA SEMILLA: Una exclamación fuerte

MACETA: Tacaño. Persona poco generosa.

ÑECA E': Mierda es! Pal carajo!

OFRE'COME: Ay Dios mío.

PA' CASA EL CARAJO: Bien lejos

PARIGUAYO: Ridículo

PELELENGUA: Insultar

PENDENCIERA: Chismosa, entrometida

PERICO RIPIAO: Merengue típico de la República Dominicana

PETISECO: Flaco

PINDILÚ: Andar con aires. Andar vestido con cosas caras.

PLE PLA: Hablando disparate. Hablando basura.

PLEBE/PLEBERÍA: Algo de muy mal gusto

POMPA = Émbolo de baño

PONCHANDO: Tocando

POR LA MACETA: Excelente

PRIVANDO: Pretendiendo, darse aires.

QUE JODER MA' PURO: ¡Maldición!

RATRERO: Ladrón. Persona de pocos valores.

RUFO: Techo

SANCOCHO: Una sopa dominicana usualmente preparada con gallina.

'CION: Es corto para la palabra "bendición".

SE BOTA: Exceder

SICA: Caca. Mierda.

'TÁ PASAO/'TOY PASÁ: Loco, fuera de lo racional.

'TÁ PICHIRILA LA COSA: Difícil o complicado.

TIETO: Cosa de poca importancia

TIGUERE: El gran macho.

TRAQUETEO: La misma actividad. Lo mismo.

VAINA: Otra palabra que significa "cosa"

ZUMBÁ: Tirar